W0325925

Polly Adler

WER JUNG BLEIBEN WILL

MUSS FRÜH DAMIT ANFANGEN

Polly Adler

WER JUNG BLEIBEN WILL MUSS FRÜH DAMIT ANFANGEN

Roman

AMALTHEA

Bildnachweis:
Alle Bilder am Buchende, nach Seite 210 © Vöslauer.
Fotograf Peter Rigaud.

Danke an die Historikerin Dr. Silke Ebster, Leiterin
des Vöslauer Stadtmuseums, für ihre Unterstützung.

Umwelthinweis:
Dieses Buch und der Einband wurden auf chlorfrei
gebleichtem Papier gedruckt. Die Einschrumpffolie – zum
Schutz vor Verschmutzung – ist aus umweltfreundlichem
und recyclingfähigem PE-Material.

1. Auflage, Mai 2012
2. Auflage, Juni 2012

Besuchen Sie uns im Internet unter
www.amalthea.at
www.pollyadler.at

© 2012 by Amalthea Signum Verlag, Wien
Alle Rechte vorbehalten
Lektorat: Martin Bruny
Umschlaggestaltung, Layout und Grafik:
Demner, Merlicek & Bergmann
Umschlagfoto: © Vöslauer,
Fotografinnen: Maria Ziegelböck, Zena Holloway
© Banderole: Manfred Klimek
Gesetzt aus der 12 auf 14 pt Adobe Garamond
Produktion: CPI Moravia Books GmbH
Gedruckt in der EU
ISBN 978-3-85002-789-2

INHALT

»Der Mensch verlangt überall Zerstreuung und gesellschaftlichen Verkehr. Er will doch nicht so vegetativ dahindämmern.«

Der Vöslauer Kurgast Wilhelm Geiger, 1898

1. Kapitel

»DU WILLST ES DOCH AUCH SO SEHR«

Abenddämmerung, die sanft hügeligen Weingärten der Thermenregion, die Landschaft ist in ein nahezu surreales, roséfarbenes Licht getaucht.

Christine:

Diese Landschaft. Und jetzt du. Wir.
Es ist wie ein Märchen!

Serge:

Märchen haben den großen Nachteil, dass man sie nicht angreifen kann. Komm', küss mich …

Serge drückt Christine heftig an sich. Christine lässt das zögerlich mit sich geschehen. Sie scheint jedoch nicht ganz bei der Sache zu sein und wendet sich dann doch ab. Serge, ein Mann, der offensichtlich mit Zurückweisungen ganz schlecht umgehen kann, insistiert.

Serge:

Komm', du willst es doch auch so sehr.

Christine:

Nein, Serge, nein. Solange ich den Grauschimmel auf meinen Weinstöcken nicht unter Kontrolle habe, fehlen mir die Nerven für andere Baustellen.

Serge:

Baustellen? Bin ich, nach all dem, was wir zusammen durchgemacht haben, nichts anderes als eine Baustelle für dich?

Christine:

Du musst mir Zeit geben …

Serge:

Es tut mir leid, Christine, aber ich habe keine Zeit mehr.

Sie wankt plötzlich, ihr wird schwarz vor den Augen, sie bricht zusammen.

Serge:

Um Gottes willen, Christine! Ist dir nicht gut? Was ist es? Schon wieder ein Anfall? Bleib' jetzt bitte ganz ruhig liegen, ich lauf' ins Dorf und hole Hilfe.

Die Kamera fährt über die Weingärten, dann zoomt sie noch einmal auf Christine und Serge. Serge beugt sich in der Großaufnahme verzweifelt über Christine, sie schlägt die Augen auf, nimmt seine Hand und flüstert unter sichtlicher Mühe.

Christine:

Du musst jetzt ganz stark sein, Serge. Es gibt da nämlich noch ein Geheimnis, ein dunkles Geheimnis, aber …

Sie schließt wieder die Augen, pathetische Streicherklänge

ertönen, Serge schießt noch einmal sein ganzes emotionales Pulver in die letzte Großaufnahme, ehe der Abspann über den Monitor rollt.

»Christine – Irrwege ins Glück«

Es war stockdunkel im kleinen Vorführraum der Plan-C-Productions auf dem Rosenhügel-Studiogelände, alle Anwesenden schwiegen. Ob aus Betroffenheit über die Dramatik des Erlebten oder peinlicher Berührtheit, war aus der Stille nicht wirklich auszumachen.

Nur Mia, die Rezeptionistin der Produktionsfirma, schniefte leise vor sich hin. Mimi reichte ihr wortlos ein Taschentuch, in das sie lautstark hineinblies.

Als auf dem Monitor »Buch & Idee: Mimi Stein« zu lesen stand, blickte Mimi zu Boden. Dass sie aus purem Schamgefühl in diesem Moment niemandem in die Augen sehen konnte, wusste nur sie.

»Kind, was für ein grauenhafter Dienstmädchenschrott – ich hoffe, sie ersticken dich mit ›shitloads of money‹«, hätte Tante Lou angesichts dieser Irrwege des Geschmacks angemerkt und ihren Mund dabei so zugespitzt, als ob sie eben versehentlich in eine im Salat versteckte Nacktschnecke gebissen hätte.

Wenn Tante Lou fluchte, tat sie das immer in so einem richtig dekadenten Britisch. Denn auch beim Vulgärsein war ihrer Ansicht nach Stil unabkömmlich. Ach, Tante Lou! Höchste Zeit, sie endlich wieder einmal zu besuchen. Schon seit Wochen war sie nicht mehr zu ihr nach Baden hinausgefahren. Es war einfach keine Zeit gewesen. Die letzten Monate war sie ständig in ihrer Schreibkajüte auf dem Studiogelände eingepfercht gewesen. Und hatte täglich acht bis zehn Stunden Sätze wie »Du musst jetzt ganz stark sein«,

»Lass uns unsere Träume leben!«, »Wer nie nach den Sternen greift, kann auch nie den Boden unter den Füßen verlieren« oder eben den absoluten Spitzenreiter aller Klischeephrasen »Du willst es doch auch so sehr« in die Tastatur ihres zenbuddhistisch-weißen Apple gehackt. Von all dem selbst gebackenen Kitsch hatte sie manchmal richtiggehend Sodbrennen bekommen, ein literarisches Sodbrennen eben. Aber die erwähnten »shitloads of money« erübrigten anhängige Sinnfragen.

Um ganz ehrlich zu sein, war das mit der Zeit eine Lüge, zumindest eine halbe Lüge. Sie hatte einfach Angst davor, Tante Lous Zustand nicht ertragen zu können. Aber nächste Woche, ganz sicher nächste Woche.

Zumindest Mia war der festen Überzeugung, dass Mimi ihren Blick zu Boden senkte, weil sie von ihrem eigenen Produkt so zu Tränen gerührt war. Sie drückte fest ihre Hand. Mimi bemühte sich, ihrem größten Fan einen dankbaren Blick zu schicken. Dann löste sie sich schnell wieder aus deren feuchtwarmer Umklammerung und seufzte.

»Was gibt's denn bitte hier zu seufzen?«, knatterte Daniel jetzt in die Stille und sprang aus seinem ergonomischen Bürostuhl, um das Licht in dem fensterlosen Raum anzudrehen. Seit einem Bandscheibenvorfall, der ihn im vergangenen Frühjahr über Wochen außer Gefecht gesetzt hatte, benutzte er ständig diesen – erheblich an seiner Schnittigkeit kratzenden – Sessel, der noch dazu mit so einem kindergartenroten Leinenstoff überzogen war. Auch sein tiefergelegter italienischer Sportflitzer hatte einer bandscheibengerechteren bundesdeutschen Qualitätslimousine weichen müssen. Ja, ja, auch Gott hatte durchaus seine gerechten Tage. Der arme Daniel musste jetzt seine Vierzig-plus-Krise eben auf anderen Baustellen ausleben. Mimi hatte mit Süffisanz registriert, dass er vor Kurzem seine erdbeerblonden Wimpern schneewittchenschwarz färben hatte lassen. Und seine Hemden trug er neuerdings auch einen flotten Knopf weiter offen als früher.

»Das nenne ich einmal einen astreinen Cliffhanger. Die Taschentücher-Industrie kann uns schon jetzt einmal ein Dankesschreiben schicken«, trompetete Daniel und rieb sich die Hände, »da freut sich das Produzentenherz. Ein absoluter Bringer. Der Vorabend des österreichischen Farbfernsehens kann aufatmen. Gratulation an alle Beteiligten!«

Saskia Hellmann, die der tapferen Winzertochter Christine schon hundertsiebzig Folgen lang ihr ebenmäßiges Gesicht und ihre mäßige Schauspielkunst lieh, verschickte ihr obligates Natternlächeln und überkreuzte ihre meterlangen Rennpferd-Beine ausführlich. Sie wollte sichergehen, dass vor allem Daniel wieder einmal in aller Deutlichkeit an deren wohlgeformte Endlosigkeit erinnert wurde. Schließlich machte sich in ihr langsam die dunkle Ahnung breit, dass sie mit ihren einunddreißig Jahren in absehbarer Zeit auch für das Ein-Aschenputtel-kämpft-sich-nach-oben-Genre zu alt sein würde. Es galt also Vorkehrungen dafür zu treffen, diesen Moment so lange wie möglich hinauszuzögern. Außerdem wusste Saskia ganz genau, dass Mimi sie nicht wirklich leiden konnte. Und ihr Darstellungstalent für mehr als überschaubar hielt.

Saskias Intellekt beschränkte sich zwar auf die Lektüre des kommenden Dan-Brown-Romans, aber sie verfügte über eine gewisse Naturschläue und die entsprechenden Intuitionsantennen. Der Rauswurf von Charlie Sheen aus »Two and a half Men« vor ein paar Monaten hatte ihr doch ziemlich zugesetzt. Und Mimi hatte es durchaus genossen, bei den Drehbuchbesprechungen immer wieder ihrem Erstaunen Ausdruck zu verleihen, dass das »bisschen Verhaltensoriginalität« von Charlie Sheen seinen Sender dann doch zu einer so drastischen Maßnahme bewogen hatte und offensichtlich jeder, aber auch wirklich jeder ersetzbar wäre.

»Ich bin weder psychotisch, noch wohne ich mit zwei Porno-Darstellern in einer WG«, war Saskia einmal bei so einem Gespräch die Flucht nach vorne angetreten. Und Mimi, die an und für sich ein sanftes Gemüt besaß, aber angesichts von Menschen, die sie beim besten Willen nicht mochte, durchaus hinterfotzig werden konnte, hatte sie nur sehr lang angesehen und dann gesagt: »Keine Angst, Sassi! Noch habe ich überhaupt nicht eingeplant, dass Christine bei einem schnittigen Cabrio-Unfall am Wörthersee ihr turbulentes Leben lassen muss und durch eine Twentysomething-Nichte mit Rehblick aus Übersee ersetzt wird …«

»Was für eine Nichte?!«, hatte Saskia dann mit schreckensweiten Kuhaugen gefragt – sie war wie gesagt nicht durch einen übermäßig dreistelligen IQ belastet –, »es gibt doch in den Büchern weit und breit keine Nichte!«

»Nun ja«, hatte Mimi dann damals noch eines draufgesetzt, »Fantasie ist eben das, was sich die wenigsten Menschen vorstellen können. Aber nichts leichter als das: die Tochter eines aus dem Familienverband verstoßenen Bruders zum Beispiel, die nach einer Kampfausbildung auf einer Harvard-Business-School plötzlich auftaucht und als neue Chefin frischen Wind in das durch Schädlingsplagen und Verwandtschaftsfehden schwer gebeutelte Weingut bringt.«

Daniel hatte diesen Schlagabtausch nicht unamüsiert beobachtet, sich aber dann doch zu einem atmosphärischen UNO-Einsatz gezwungen: »So, Mädels, genug gescherzt. Wir haben weder die Zeit, noch die Energie für Zickenkriege, sondern in sechs Wochen Drehbeginn. Jetzt wird wieder gearbeitet.«

Daniel deutete Mia jetzt, die obligaten Sektgläser zu bringen. Dieses Ritual beschloss jedes Staffel-Screening. Er scheuchte alle in den Sitzungssaal, wo bereits organisch einwandfreies Fingerfood auf Tabletts arrangiert war.

»Champagner gibt's erst dann, wenn wir es in den Hauptabend geschafft haben«, sagte Daniel, als Mia Prosecco servierte. Auch dieser Gag war nicht mehr taufrisch bei Plan-C-Productions.

Mimi sah auf ihr iPhone. 18 Uhr 38. Eigentlich hatte sie Anton versprochen, so gegen halb acht zu Hause zu sein. Er hatte ihr ein marokkanisches Zitronenhuhn in Aussicht gestellt.

Anton war kochbesessen. Im Gegensatz zu vielen anderen Männern, die sich in die Nahrungszubereitung nur insofern einbrachten, als dass sie sich bei angenehmen Temperaturen draußen um eine Feuerstelle scharten, um Fleischstücke auf den Rost zu legen und Bier trinkend deren Austrocknung abzuwarten, war ihr Anton da aus einem ganz anderen Zivilisationsholz geschnitzt. »Eine mit Leidenschaft zubereitete Mahlzeit ist die höchste Form von Zärtlichkeit, die ein Mann für eine Frau im Angebot haben kann.« – Erst unlängst hatte er ihr diese Weisheit an einem Samstagvormittag serviert, bevor er auf den Naschmarkt losstartete. Der Naschmarkt war für Anton das, was für den handelsüblichen Mann der Baumarkt verkörperte: eine Mischung aus Wunderland und Forschungszentrum. Dort pochte er mit der Konzentriertheit eines Sprengmeisters an Melonen, untersuchte die Beschaffenheit der Schuppen von Wolfsbarschen und focht im »Käseland« Glaubenskriege mit dem Chefverkäufer aus, ob die Aschenschicht auf dem Ziegenkäse aus der Auvergne den Eigengeschmack doch zu sehr übertünchte.

Wie Mimi erst später rausfinden sollte, hatte sich Anton den Mahlzeit-Zärtlichkeit-Spruch aus einem Interview von Jamie Oliver geklaut. Anton war ein kultivierter, gebildeter und unglaublich verlässlicher Mann, aber eben nicht rasend originell.

Vor ihrer Hochzeit vor vier Jahren hatte Mimi ohnehin mehr als ausreichend im Genre der rasend originellen Saxophonspieler gewütet. Wobei Saxophonspieler bloß symbolisch gemeint war. Unter diesen Herzensherren konnte kein Einziger ein solches Instrument bedienen. Sie besaßen nur die Psyche von Saxophonspielern: rastlos, in stetiger Panik vor allem, was nur im Entferntesten als Bürgerlichkeit apostrophiert werden könnte, sexy in ihrer Unmöglichkeit, sich auch nur irgendwie festzulegen, und voller Überraschungen. Irgendeine Katastrophe gab es in den Leben dieser Saxophonspieler immer: Wasserrohrbrüche, eingezogene Bankomatkarten, Alkoholexzesse inklusive Abstürze ins Bodenlose, oder irgendeine Ex, die aus Trauer über den unwiederbringlichen Verlust mit einer Rasierklinge an ihren Pulsadern spielte und um die man sich – wirklich nur noch dieses eine Mal – ganz dringend kümmern musste.

»Darling«, hatte Tante Lou sie immer wieder gewarnt, wenn Mimi wieder einmal in den Trümmern einer Saxophonspieler-Beziehung lag, »hol deinen Verstand endlich wieder einmal aus der Garderobe ab. Und versuch es doch einmal mit Männern, mit denen man Pferde stehlen kann, die aber diese Pferde abends auch wieder nach Hause bringen. Glaube mir, es tut auch gar nicht weh.«

Tante Lou war natürlich alles andere als eine befugte Auskunftsperson für Liebesgeschichten, die im rutschfesten Kompromiss-Gebiet zwischen Vernunft und Pragmatismus anzusiedeln waren. Wenn jemand in seinem Beziehungsleben dem Goethe-Spruch »Vor lau graut mir« gerecht zu werden versucht hatte, dann war das ihre Großtante gewesen.

Als Mimi ihr vor fünf Jahren Anton als ernst zu nehmenden Kandidaten vorgestellt hatte, raunte sie ihr zu: »Bravo, Darling! Endlich hast du jemanden gefunden, der dich mehr liebt als du ihn. Diese Art von emotionaler Schieflage ist für eine Frau enorm wichtig. Ich habe es jahrelang umgekehrt versucht, und es hat auf Dauer keinen so wahnsinnig guten Teint gemacht. Du musst die Königin sein!«

Und bei Anton war sie die Königin. Der Altersunterschied spielte da natürlich auch eine nicht zu unterschätzende Rolle. Er war achtundvierzig und somit vierzehn Jahre älter. Kein Mitglied mehr im Club der Unvernünftigen, sondern grundsolide, in »seiner Mitte ruhend«, wie er das nannte. Eine Floskel, die Mimi wirklich auf die Palme bringen konnte.

Diese In-ihrer-Mitte-Ruher hatten doch auch so etwas Resignatives an sich. In seiner Mitte ruhte man doch nur dann, wenn man nichts mehr wollte vom Leben. Manchmal hatte sie das Gefühl, dass das Leben mit Anton schon einen ziemlich exakten Vorgeschmack auf das Pensionisten-Dasein bot. Die Erotik hatte sich aus dem Schlafzimmer in die Küche verlagert, wo Anton in seiner blauweiß gestreiften Profi-Schürze stand und zu

Friedrich Guldas Mozart-Interpretationen Lammkeulen in Salbei-Olivensalz-Honig-Marinaden einbettete oder Maischollenfilets mit Anchovis-Creme bestrich und akribisch zu Röllchen formte, die er mit neckischen Rosmarinzweigchen vertäute. Einen Herdtrieb von dieser Vehemenz hatte Mimi ansonsten nur bei ihren schwulen Freunden beobachtet.

Jedes Wochenende und an drei Abenden unter der Woche – außer Montag und Donnerstag – stand Anton in ihrer geräumigen »Gastroprofi«-Küche, deren Ausstattung mindestens die Kosten einer Weltreise auf Vier-Sterne-Niveau verschlungen hatte. Anton reiste nicht gerne. Reisen bargen für ihn immer die Gefahr von Unvorhergesehenem. Alles, was seine Flexibilität zu sehr herausfordern konnte, versuchte Anton großräumig zu vermeiden.

Dass Mimi zwei ess- und somit stressfreie Abende vergönnt waren, lag daran, dass Anton sich zwei Mal wöchentlich einer psychoanalytischen Supervision unterzog. Als Psychotherapeut, der seinen Beruf so ernst nahm wie die Zubereitung ihrer gemeinsamen Mahlzeiten, waren diese Sitzungen bei einer Fach-Kapazität namens Friedrich Kamolz, der mit seinem eisgrauen Schnauzer und den Nickelbrillen wie eine Karikatur aus einem Woody-Allen-Film aussah, für ihn »vom psychohygienischen Standpunkt überlebensnotwendig«.

Antons seelische Boxenstopps waren für Mimi durchaus nachvollziehbar. In einem Job, bei dem man täglich acht bis zehn Stunden lang mit den Dramen anderer Menschen zugemüllt wurde, musste man irgendwelche Strategien entwickeln, um dabei nicht selbst verrückt zu werden. Bei Doc Kamolz lernte Anton, wie er das nannte, »mich abzugrenzen, ohne dabei die Empathie für das Leid meiner Klienten zu verlieren«. Er nannte seine Kundschaft bewusst nicht Patienten, weil ihm das zu abwertend schien. Schließlich wären die meisten von denen nicht krank im pathologischen Sinn, sondern »Gefangene ihrer Kindheit und ihrer daraus entstandenen neurotischen Muster«.

Wenn Mimi an Anton dachte, war er in ihren Gedanken immer vollständig bekleidet. Ganz im Gegensatz zu den Saxophonspielern früher.

Der Serge-Darsteller Fritz Keller, der erst jetzt den Raum betreten hatte, klopfte ihr auf die Schulter. Ob aus Anerkennung oder Trost für das Gezeigte, war nicht wirklich herauszufinden. Fritz besaß im Vergleich zu den meisten Schauspielern eine ironische Distanz zu seinem Job. Er betrachtete die Rolle des Erben von Christines schärfstem Konkurrenten als eine drollige Art, sein Geld zu verdienen, um dann von Off-Off-Bühnen in Garagen oder stillgelegten Fabriken kapitalismuskritische Monologe – vorrangig ohne Oberbekleidung, und er konnte sich das wirklich leisten – ins Publikum brüllen zu können. Der Rest der »Irrwege ins Glück«-Truppe – allen voran Saskia Hellmann – war nicht mit einer derartig gesunden Einstellung gesegnet. Selbst Hermann Apelton, ein fünfundsechzigjähriger Schauspieler, der Serges gnadenlosen Vater spielte, war noch immer der felsenfesten Überzeugung, dass dieser Vorabend-Schrott ihn noch einmal ganz groß auf die Star-Rampe katapultieren würde und Kino-Angebote nicht mehr lange auf sich warten ließen. Schauspieler sind wie Kinder – überbordend voll von Optimismus und Egoismus.

Fritz reichte ihr das bislang unberührte Sektglas und sagte grinsend: »Komm', du willst es doch auch so sehr.«

Mimi schickte ihm einen spöttischen Blick, nahm einen tiefen Schluck und registrierte, dass Daniel ihr deswegen einen tadelnden Blick schickte. Er hatte sichtlich angenommen, dass alle mit dem Trinken des nachlässig gekühlten Getränks warten würden, bis er seine Motivationsrede gehalten hatte.

Auch jetzt schweiften ihre Gedanken wieder zu Tante Lou. »Schätzchen, wenn sich hier wer schlecht benimmt, dann sind das noch immer wir«, pflegte sie zu kichern, wenn die Liegenachbarn bei ihren gemeinsamen Sommern im Vöslauer Bad wieder einmal gefunden hatten, dass sie beide bei ihren Debatten und Miniatur-Theaterinszenierungen zu lautstark agiert hätten. Seltsam, über Wochen hatte Mimi nicht an sie gedacht, und heute wollte Lou ihr aus unerfindlichen Gründen nicht aus dem Kopf gehen.

»Na, siehst du, geht ja«, murmelte Serge-Fritz.

»Wenn du frech bist, wirst du in Folge zweihundertachtundvierzig an einem noch nicht erforschten und deswegen leider unheilbaren Reblaus-Virus elend zugrunde gehen …«

»Sind bei diesem qualvollen Tod ein paar herzzerreißende Großaufnahmen drinnen?«

»Kennst du eigentlich den uralten Hollywood-Witz?«

»Welchen? Von denen gibt es Zillionen.«

»Wer ist das dümmste Mädchen auf der Hollywood-Party?«

»Nicht den blassesten Schimmer …«

»Die, die mit dem Drehbuchautor schläft.«

»Ok, alles klar.« Er kratzte sich verlegen die Haare. Er hatte wirklich viele davon. Ganz im Gegensatz zu Anton, der schon mit einem kleinen Kreis nackter Haut auf seinem Hinterkopf zu kämpfen hatte. Und ganz im Gegensatz zu Anton konnte sie sich Serge-Fritz durchaus nackt vorstellen. Das war kein besonders gutes Zeichen.

Es war außerdem sehr angenehm, von einem Mann einmal nicht bekocht, sondern beflirtet zu werden. Sie prostete Fritz zu. Ob Daniel das daneben fand oder nicht, war ihr in diesem Moment völlig egal.

»Für deine Close-ups musst du mit dem da drüben verhandeln.« Sie deutete auf den Regisseur Erich Miesling, der – natürlich, wie denn auch anders – in Greifnähe von Daniel saß.

Würde es ein soziologisches Museum für Prototypen der verflossenen Dekaden geben, hätte Erich Miesling mit seinem dünnen Pferdeschwänzchen, den Cowboystiefeln aus dunkelgrünem oder wahlweise schwarzem Schlangenleder und den dunklen japanischen Designer-Jacketts mit den Mao-Stehkrägen dort einen Podestplatz im Schauraum der Achtziger eingenommen.

Daniel war Erichs Lebensversicherung. Nach Boomzeiten in der Werbung der frühen neunziger Jahre, wo nahezu kein Fruchtjoghurt und kein Energydrink nicht unter seiner Ägide in Szene gesetzt worden war, lief es in den letzten Jahren nicht mehr so tosend für ihn. An den Schaltstellen der Agenturen hatten inzwischen die smarten Anfangsdreißiger das kreative Ruder übernommen. Erich war für die mit seinen siebenundvierzig Jahren ein Repräsentant der »Jurassic Park«-Generation. Und deswegen musste er mehr als froh sein, den Absprung ins »Bügelprogramm« geschafft zu haben, wie Daniel die »Irrwege« bei fortgeschrittener Promillezahl gerne nannte. Natürlich mobilisierte Erich alle seine Kräfte, um seiner Umwelt zu signalisieren, dass er sich alles andere als über seine Auftragslage zu beklagen hätte und es sich eigentlich noch sehr gut aussuchen konnte.

Daniel ließ ihn geschehen. Er war zwar der Jüngere und wesentlich Erfolgreichere, aber Erich hatte ihm in der Zeit, als er noch Klinken putzen hatte müssen, ein paar Aufträge als Produktionsleiter zugeschanzt. Schließlich lebten und arbeiteten alle in Wien. Und irgendwie hatte diese Form von verschlagener Loyalität, die in dieser Stadt Usus war, auch etwas Sympathisches.

Daniel fand inzwischen, dass schon viel zu viel Zeit vergangen war, ohne dass die ungeteilte Aufmerksamkeit in diesem Zimmer sich ganz auf ihn konzentrierte. Er erhob sich und dann sein Glas.

Diese dunkel gefärbten Wimpern sahen wirklich verdammt affig aus, nahezu tuntig. Mimi fragte sich, was Daniels Frau, diese esoterische Yoga-Kostbarkeit, die Mimis Ansicht nach schon in einem kühlen, weißen Jil-Sander-Leinenkleid zur Welt gekommen sein musste, über diese Form der Midlifekrisen-Bewältigungsstrategie dachte. Wahrscheinlich waren die Litschis und Mangos, die bei den Fechters immer sorgfältig drapiert in einer Tropenholzschale in der klinisch sauberen Küche standen, vor Aufregung angesichts solcher vulgären Entgleisungen des Hausherrn regelrecht durcheinandergepurzelt.

»Also, meine Lieben, nach einer Staffel ist vor einer Staffel, deswegen nicht gleich übermütig werden, aber ich freue mich, dass wir ›Christine‹ wieder einmal nahezu reibungslos eingetütet haben. Jetzt einmal abgesehen von den kleinen Meinungsverschiedenheiten zwischen unserer geschätzten Hauptdarstellerin und unserer ebenso geschätzten Drehbuchautorin …«

Vitriolgeladenes Schmunzeln auf beiden Seiten, schließlich wollten weder Mimi noch die Hellmann als Spaßverderber gelten.

Daniel genoss es sichtlich, dass er gerade wieder einen Fuß in ein Tretminenfeld gesetzt hatte. Also setzte er noch nach: »Nur zur Erinnerung, Saskia. Du wirst nicht ernster genommen, wenn du an jedem zweiten Drehtag eine halbe Stunde zu spät kommst. Solche Attitüden haben selbst der großen Marilyn Monroe Schwarzpunkte ins Klassenbuch ihrer Produzenten eingebracht ...«

Mimi musste lächeln. Sie dachte an Billy Wilder, den die Monroe am Set von »Manche mögen's heiß« zur schieren Verzweiflung getrieben hatte. Als Wilder einmal von seinem Produzenten einen scharfen Verweis abkassiert hatte, dass er seine Hauptdarstellerin besser in den Griff kriegen sollte, hatte Wilder seinen obligaten Hut schief nach hinten geschoben, sich am Hinterkopf gekratzt und nur geseufzt: »Meine Tante Rita aus Ottakring war immer pünktlich. Nur die wollte keiner sehen.«

Nach einer Kunstpause knöpfte sich Daniel jetzt Mimi vor: »Und, Frau Stein, nur, dass du es dir jetzt auch einmal merkst: Wir machen hier den Stoff, aus dem die Träume sind. Also vergiss' Aids, Migrations-Tragödien, Ausbeutungskonflikte der rumänischen Erntehelfer, und nein, es wird auch in der nächsten Staffel kein Asylanten-Drama in Form eines nigerianischen Feschaks aus dem Traiskirchner Flüchtlingslager geben. Unsere ›Irrwege ins Glück‹ beschränken sich auf Ernteschäden durch Unwetter, miese Intrigen der Konkurrenz oder ein dunkelhaariges Luder, das sich das ›love interest‹ unserer Hauptblondine krallen möchte. Unsere Zuschauerin will sich doch ihre wohlverdiente Flucht aus dem Alltag nicht durch eine Überdosis Realität verderben. Da bin ich einmal ausnahmsweise ganz Saskias Ansicht. Es ist doch eh alles so einfach, gell Mimilotta? Warum willst du es dir denn auch immer so kompliziert machen?«

Pflichtschuldiges Gelächter. Nur Serge-Fritz schickte ihr einen Durchhalteblick. Als nebenberuflicher Turbokapitalismus-Kritiker war er natürlich ganz auf ihrer Seite.

Mimi fand, dass sie sich jetzt nicht wie ein geprügelter Hund in Schweigen flüchten sollte, und sagte mit einem Tick zu zittriger Stimme: »Warum ich so kompliziert bin? Ganz einfach, Daniel: Weil ich an ein Leben vor dem Tod glaube! Und die Diktatur des Mittelmaßes für mich schon immer ein politisches System war, dem ich zutiefst misstraue.«

Mit so viel Kampfgeist hatte jetzt keiner gerechnet und Daniel versuchte, die kippende Stimmung rasch wieder zu seinen Gunsten zu wenden: »Du Jeanne d'Arc des Vorabends! Es gibt aber immerhin zwei Argumente, die einem diese Diktatur dann dennoch erträglich machen: Schmerzensgeld und, haha, Schmerzensgeld. Also, meine Lieben, einen schönen Sommer für uns alle. Schont eure Nervenkostüme, ihr werdet sie im August wieder brauchen. Und Santé! Vor allem dir, Mimi. Dein Sommer ist ja bekanntlich wesentlich kürzer als der vom Rest der Gang. In der Hoffnung, dass dir wieder schöne, tränenreiche Geschichten einfallen …«

Er erhob sein Glas und fixierte sie eindringlich. Das war ein Versöhnungsangebot, auf das Mimi mit einem Lächeln einging. Zum Teufel auch! Schließlich war sie freiwillig ein Rädchen dieser Verblödungsmaschinerie geworden. Es hatte sie ja keiner mit vorgehaltenem Revolver dazu gezwungen, Christine durch die Tsunamis eines Winzerkönigin-Schicksals zu manövrieren.

Und wenn sie wollte, könnte sie ja einen Problemfilm schreiben, wo sie sich gegen Rassismus, Xenophobie, bisexuelle Liliputaner – Pardon: Kleinwüchsige – und die Diskriminierung von am Tourette-Syndrom erkrankten Teenagern einsetzte. Aber ein so dringliches Anliegen waren ihr diese gesellschaftspolitischen Themen offensichtlich auch nicht; sonst säße sie nicht hier und würde jetzt schon das dritte Glas bereits ekelig lauwarmen Proseccos in sich hineinschütten.

»Kommst du mit hinaus, eine rauchen?«, fragte Serge-Fritz.

»Ich rauche nicht mehr. Aber ich würde wahnsinnig gerne mit dir draußen eine nicht rauchen.«

Sie verließen die Truppe, die sich inzwischen wie eine Horde Haftentlassener auf das exzentrische Fingerfood stürzte, das mit seiner Zitronengras- und Thunfischtartar-Lastigkeit sicher die Idee von Daniels angetrauter Yoga-Kostbarkeit gewesen war.

Als sich Mimi und Fritz nach draußen stahlen, schickte Mia ihnen einen wehmütigen Blick hinterher. Sie hatte in den letzten Wochen nicht nur ein Mal geträumt, dass Christine während eines ihrer geheimnisvollen Anfälle überraschenderweise dann doch den Löffel abgab. Und Serge, der Romeo des Winzerdramas, nach einer Anstandstrauer irgendwann einsehen würde, dass Christine vor allem sein Glück gewollt hätte. Und er deswegen mit Mia an seiner Seite dem heruntergekommenen Weingut neuen Glanz und Glorie verleihen wollte.

»Serge«, seufzte Mia innerlich, »wenn ich dich schon nicht mit Haut und Haaren haben kann, dann pimp wenigstens my dreams.« Sie war ein Kind der MTV-Generation.

Als Mimi gegen halb eins mit einem Damenschwipschen und richtig fröhlich nach Hause kam, war es, bis auf das Licht der Esszimmer-Stehlampe, stockdunkel in der Wohnung. Wenn es je auf diesem Planeten ein totes, marokkanisches Zitronenhuhn geschafft hatte, sich in einen fleischgewordenen Vorwurf zu verwandeln, dann war es dieses. Anton hatte den Ton-Tagine nahezu unberührt auf der Mitte des gedeckten Tischs stehen lassen. Sein Gedeck war abgeräumt, das von Mimi war wie ein malerisches Mahnmal auf seinem Platz geblieben.

Mimi fühlte sich schlecht, aber nicht so schlecht, dass sie gleich zu Anton ins Bett kriechen und ihn für die Dreistigkeit ihres Fernbleibens um Verzeihung bitten wollte. Es musste doch bitte auch einmal drinnen sein, nicht zu funktionieren. Warum konnte Anton sie nicht atmen lassen, und wollte, dass sie ihm ständig über jede ihrer noch so kleinen Bewegungen Meldung machte.

Drei Mal hatte er sie mit »Wo bleibst du?« angesmst, und beim dritten Mal hatte sie nicht mehr geantwortet. Diese ständige als Fürsorge getarnte Überwachungsmanie konnte sie manchmal wirklich aggressiv machen.

Manchmal schämte sie sich auch dafür. War sie undankbar? Zu oft hatte sie sich die Litaneien ihrer Freundinnen anhören müssen, wie achtlos, desinteressiert, bindungsparanoid, egomanisch und lieblos ihre Lebensabschnittspartner doch mit ihnen umgingen. Und was Anton im Vergleich dazu nicht für ein Lottogewinn wäre! In der Tat: Im Gegensatz zu deren Männern, die sich doch immer wieder darüber erstaunt zeigten, dass so ein Geburtstag partout im Jahresrhythmus wiederkehrte, hatte Anton bereits Monate zuvor für sie ein Wochenende in Paris, Rom oder Venedig gebucht, Romantik inklusive – Champagner, Obstkörbe in den

Suiten mit Aussichten, Besuche in versteckten kleinen Bistros und Osterien jenseits der touristischen Trampelpfade, Opernvorstellungen oder Konzerte, so wie letztes Jahr das Aznavour-Konzert im Pariser »Olympia«. Seine Abneigung gegen Reisen und Überraschungen bezwang er, indem er jeden Schritt auf diesen Städtetrips vorausplante. Nichts blieb da dem Zufall oder spontanen Entdeckungstrips überlassen. Rührend irgendwie, natürlich. Und dennoch hatte Mimi zunehmend das Gefühl, dass sie mit ihrem Onkel verreiste und nicht mit ihrem Ehemann und Liebhaber. Doch, doch, natürlich hatten sie noch ein Liebesleben. So lange waren sie schließlich auch noch nicht verheiratet. Aber auch in dieser Angelegenheit, da war sie inzwischen felsenfest davon überzeugt, überließ ihr Anton sicher nichts, aber auch gar nichts dem Zufall.

Wahrscheinlich hatte er den geplanten Liebesakt in einer speziellen Farbe, vielleicht ja in knalligem Pink, mit einem Leuchtmarker-Balken in seinem Wochenplaner vermerkt. Schließlich hatte auch jeder seiner »Klienten« eine eigene Marker-Farbe zugeteilt bekommen, sodass Antons Therapiestundenplan wie ein kunterbunter Streifenteppich aussah. Wenn sie an Anton dachte, sah sie ihn nahezu immer mit einer ausgeleierten Strickjacke, die über seinen cognacfarbenen Kordhosen baumelte. Ein richtiggehendes Onkel-Outfit. Passend zu den Gefühlen, die Anton in ihr auslöste: Sicherheit und Geborgenheit. Er hatte einen Schutzwall um sie errichtet, sie brauchte vor nichts und niemandem Angst zu haben. Aber wenn sie diesen Schutzwall visualisierte, sah sie nicht immer Geborgenheit, sondern auch bedrohliche Mauern, die sie fest umschlossen und die sie nicht verlassen durfte.

Drei Mal war sie heute mit dem SMS-Text »Wo bleibst du?« bombardiert worden; dabei war sie in den letzten Monaten ohnehin kaum ausgegangen. Sie war einfach zu erschöpft von ihrem täglichen Schnulzenmarathon gewesen. Und irgendwann hatten ihre Freunde auch die Lust verloren, sich schon wieder eine Abfuhr zu holen. War es das, was Anton eigentlich wollte? Die totale Symbiose, nur sie beide auf einer selbst gebastelten Zweisamkeits-Oase, die durch nichts und niemanden gestört wurde? Es war ihr nicht wirklich gut. Wie sollte einem bei diesen Gedanken auch nicht übel werden?

Sie brühte sich ein Tässchen »Magenfreund«, ein in diesem Fall besonders gelungener Teename, und stellte das kalte Zitronenhuhn in den Kühlschrank. Dann knallte sie sich auf die sandfarbene italienische Sitzlandschaft und zappte durch die TV-Sender. Fasziniert blieb sie bei einem Shopping-Kanal hängen, wo eine späte Blondine mit falschen Wimpern und mit drastisch orangefarben übermalten Lippen, die ihr Gesicht schaurig clownesk wirken ließen, kindergroße Porzellanpuppen an die Frau zu bringen versuchte. Die Visagen dieser Puppen wirkten mit ihren starren, ausdruckslosen und überdimensional großen Augen nicht weniger beklemmend als Frau Clown selbst. Ihre Stoppellockenfrisuren erinnerten Mimi fatal an jene von Bette Davis in dem Psychothriller »Wiegenlied für eine Leiche«. Welcher Mensch würde sich ein solch gespenstisches Spielzeug freiwillig ins Wohnzimmer stellen?

Offensichtlich liefen eine Menge von solchen potenziellen Konsumenten da draußen frei herum, denn jetzt wurde folgende Warnung eingeblendet: »Zauber-Marlies – Gliederpuppe aus handbemaltem Porzellan, eine

Kostbarkeit aus Tübingen zum einmaligen Sonderpreis von 134,40 Euro. Achtung, wegen hoher Nachfrage nur mehr drei Stück auf Lager!« Aber ziemlich sicher schrieben die etwas Ähnliches bei jedem zweiten angepriesenen Teil, um der Konsumträgheit des Zuschauers auf die Sprünge zu helfen.

Und schon zog Madame Clown ihren nächsten Trumpf aus der Zaubertüte – einen Goldlamé-Strickpullover mit eingebautem Wonderbra, der jetzt nur auf einem Foto gezeigt wurde. »Das perfekte Oberteil für verheißungsvolle Stunden zu zweit«, säuselte sie und winkte einem Model, das die Wirkungskraft dieses Wirkwaren-Coups gleich vor Augen führen sollte. Fräulein Goldbusen drehte sich jetzt mit dem starren Lächeln eines Laufsteg-Mannequins der Wirtschaftswunderjahre ins Bild. Verglichen mit deren Gesichtsausdruck – man musste es leider zugeben – besaß Saskia Hellmann nahezu eine intelligenzgeladene Physiognomie und sah fast aus wie eine aussichtsreiche Kandidatin für den Friedensnobelpreis.

Diese traurigen Shoppingkanal-Grazien spendeten Mimi indirekt Trost. Ihr Anblick war nämlich so deprimierend, dass Mimis Lebenslamento auf wirklich hohem Niveau angesiedelt war. Anton war alles andere als ein Saxophonspieler, sondern ein liebesfähiger Mann, der sein Leben im Griff hatte. Abgesehen von der kleinen Klammerproblematik, die man ihm vielleicht auch noch irgendwie austreiben würde können, war er wirklich schwer in Ordnung. Sie musste nur wieder lernen, wieder ein bisschen verrückt nach ihm zu sein. Sie hatte einen Job – im Gegensatz zu vielen ihrer Studienkollegen aus der Filmakademie. Und nichts und niemand hinderte sie daran, sich an einem Stoff jenseits des Schnulzengenres zu versuchen. Nur musste sie den noch finden. Alles in allem war ihr Leben zwar zurzeit mehr St. Pölten als Paris, aber es lag ausschließlich an ihr, das zu ändern …

Gegen vier Uhr morgens wurde Mimi durch das Vibrieren ihres Handys aus einem wirklichen Römisch-Eins-Traum gescheucht. Sie war auf das Set von »Fluch der Karibik VII« als Script Doctor eingeladen worden. Endlich war ihr der Durchbruch nach Hollywood gelungen. Die »Black Pearl« schipperte durch tiefstes entrisches antarktisches Packeis; die Produzenten fanden nämlich, dass der handelsübliche Piraten-Plot diesmal durchaus eine Prise »Titanic«-Melodramatik vertragen könnte. Doch Mimis eigentliche Mission war die Neugestaltung der Hauptrolle. Madonna hatte nämlich Johnny Depp, der aufgrund seines Trennungsdramas mit Vanessa Paradis von gröberen Melancholieschüben geplagt wurde, ausgebootet und die Rolle von Captain Jack Sparrow an sich gerissen. Und aus durch und durch mysteriösen Gründen hatte die neue Piratenkönigin Mimi zur Autorin ihres Herzens erkoren. Die Buchbesprechungen mit Madonna gestalteten sich insofern etwas schwierig, als dass die dabei wie besessen ihre Yoga-Exerzitien durchpeitschte und es sich als wirklich schwierig erwies, einer Frau im Kopfstand rollengestalterische Vorschläge zu unterbreiten.

In dem Moment, als Mimi kurz überlegte, Madonna sanft darauf hinzuweisen, dass sie wesentlich jünger wirken würde, wenn sie sich nicht ständig wie besessen damit beschäftigte, ihr Alter auszutricksen, surrte es.

Ein Mal hatte man einen wirklich anständigen Traum … Welcher Vollidiot hatte sich da versehentlich im Bett auf seinem Handy umgedreht und so ihre Rufnummer aktiviert! Oder war das Serge-Fritz, der sich in den letzten paar Stunden zu jenem Satz durchgerungen hatte, den Mimi so sehr liebte: »Du willst es doch auch so sehr!«

Sie griff nach ihrem Telefon, die Kennung zeigte »Anonym« an, aus dem Hörer drang nostalgisches Krachen, das auf schlechte Leitungen oder ein sehr fernes Ferngespräch deutete.

»Mimi-Schatz, bist du das?«

Fantastisch. Es war ihre Mutter. Seit drei Wochen hatte sie nichts von sich hören lassen. Mit einer Freundin tourte sie gerade durch die Maharadschapaläste Rajasthans. Man gönnt sich ja sonst nichts. Ihr sich offensichtlich in einer akuten Burnout-Phase befindlicher Bankbetreuer hatte ihr vor einem Jahr erklärt, dass das Geld sowieso in absehbarer Zeit nichts mehr wert sein würde und man es deswegen am besten mit vollen Händen ausgeben sollte. Mimis Mutter, die ihr ganzes Leben als Zahnärztin ihre Abenteuerlust auf die Münder ihrer Patienten beschränkt hatte, betrachtete diese Aufforderung zur Unvernunft als Geschenk des Himmels. Sie kaufte sich einen Globus und versah jene Orte, die sie unter allen Umständen bereisen wollte, »ehe ich zu einem Gemüse werde«, mit bunten Wimpeln. Den Anfang hatte sie vor ein paar Monaten mit Südindien gemacht, jetzt war der Norden dran. Seitdem sie ihre Praxis im Alter von vierundsechzig Jahren verkauft und den Zahnspangen, Implantaten und Inlays ein lautes Adieu gesagt hatte, entdeckte sie eine bislang für sie unbekannte Droge: sich selbst. Wenn sie ehemalige Kollegen fragten, ob sie an irgendwelchen Projekten arbeitete, antwortete sie nur schallend lachend: »Ja, an meinem Charakter. Da hab' ich ohnehin alle Hände voll zu tun.«

Es war in Wahrheit unglaublich. Ab dem Moment, wo Mimis Mutter nicht mehr beruflich funktionieren musste, lernte sie überhaupt erst, Spaß zu haben – ohne sich dafür mit irgendeiner Form von schlechtem Gewissen zu belasten. Irgendein kluger Mensch hat einmal gesagt: »Es ist nie zu spät, um eine glückliche Kindheit zu haben.« Ihre Mutter war anstrengend, auch wenn sie auf Fernreisen war – oder gerade dann –, aber irgendwie war Mimi auch stolz auf sie, dass sie im Alter lernte, das Leben wie eine Wundertüte zu beuteln. Ihre Lustbarkeiten nicht auf den Besuch einer Rückenschule beschränkte und sich ihre Adrenalinräusche nicht beim Wetteinkochen von Marillenmarmelade holte.

»Mama, entschuldige bitte – aber hat sich das Geheimnis von Zeitzonen schon bis zu dir rumgesprochen? Und warum meldest du dich bitte erst jetzt? Ich hab' mir Sorgen gemacht.«

»Sorgen? Warum denn? Die einzige Sorge, die ich hier habe, ist, ob ich die Gewürze auch alle vertrage. Aber eines muss ich dir schon sagen …«

»Mama, es ist vier Uhr morgens. Du wirst doch nicht von mir verlangen, dass ich jetzt mit dir Rhabarber bespreche …«

Der Einwand rührte ihre Mutter nicht im Geringsten. »… die Bea«, raunte sie, »ist so wahnsinnig unflexibel.«

Die Bea war die langjährige Freundin ihrer Mutter. Eine Frau, die statt des zweiten Bildungswegs eine Scheidung als Einkommenssicherung vorgezogen hatte und seither unter Dauerstress vom vielen organisierten Nichtstun stand.

»Sei doch ein bisserl tolerant, Mama. Sei froh, dass du jemand hast, der mit dir herumgondelt.«

Mimis Vater war nämlich der eigene Garten genug an Experimentierterrain. Was seine gebremste Erkundungslibido betraf, war er Anton nicht unähnlich.

»Wie bitte? Die sollte ihr Gebiss in die Luft werfen, weil sie mich an ihrer Seite hat. Die wär' ohne mich komplett verloren. Ich bin nämlich hier die, die auf die Menschen zugeht. Und bereits pitschipatschi ist, mit all den Maharadschas … na ja, zumindest mit ihrem Palast-Personal. Aber, Mimi, ich rufe eigentlich aus einem ganz anderen Grund an …«

Natürlich, irgendeinen Haken musste dieses Telefonat doch haben. Wahrscheinlich hatte sie ihre Kreditkarten irgendwo angebaut und Mimi sollte jetzt flott alles sperren und danach sehen, dass sie innerhalb der nächsten zwei Stunden wieder freie Fahrt zu ihrem Bargeld hatte. Oder irgendein Anschlussflug hing in der Luft und Mimi sollte im Netz nach passenden Alternativen suchen.

»Spuck's aus! Was hast du angestellt?«

»Schon wieder Rollentausch! Immer das Gleiche mit dir! Kannst du bitte aufhören, mich so zu behandeln, als ob du meine Mutter wärst! Dieser herablassende Tonfall nervt. Besonders auf vierzigtausend Kilometer Distanz. Aber …« Sie senkte ihre Stimme in Richtung Bedeutungsschwere: »Versprich' mir bitte, dass du nicht traurig bist …«

»Was ist denn?«

»Die Tante Lou …«

»Was ist mit ihr? Was kann ich tun?«

»Nichts mehr, Schatzi, gar nichts mehr. Sie ist gestorben. Vor zwei Tagen. Friedlich entschlummert …«

Mimi hörte sich jetzt wie durch einen Filter reden: »War sie allein?«

»Nein, nein, die Sigi, weißt eh, diese ondulierte Operetten-Schabracke von drei Zimmer weiter, war bei ihr.«

»Also war sie allein …« Ihre Lippen begannen zu zittern.

»Mimi, sie hat nichts mehr mitgekriegt, sie war doch schon völlig verwirrt. Zwei Stunden vor ihrem To…, ihrem Abgang, hat sie der Schwester Frieda erklärt, dass sie ihr dringend den Sonntagsflachmann bringen soll – prall gefüllt mit Wodka. Damit man beim Warten im Luftschutzkeller irgendwas hat, woran man sich freuen kann.«

Der Sonntagsflachmann! Ein Prachtstück aus der Silbermanufaktur Christofle, mit dem Monogramm von Lous Vater, Mimis Urgroßvater, der ein Wirtshaus am Alsergrund besessen und dann verzockt hatte. Sie hatte ihn auch im Sommer gerne dabeigehabt; eingehüllt in einer bordeauxroten Samthülle lag er ganz hinten in der Kabane, wo auch Mimis Gummischlangen- und Fizzers-Depot verstaut war. Wahrscheinlich hatte sie ihr Ende intuitiv kommen gespürt und wollte ihrem Lieblingsautor um nichts nachstehen. Nicht nur ein Mal hatte sie Mimi die Geschichte von Tschechows grandiosem Abgang 1904 im deutschen Kurort Badenweiler erzählt: »Darling, stell' dir vor. Es war die Nacht vom vierzehnten auf den fünfzehnten Juli und es war unerträglich schwül in diesem Hotelzimmer. Knapp vor Mitternacht ließ der arme Anton Pawlowitsch – erstmals während seiner jahrelangen Krankheit! – von sich aus nach einem Arzt rufen. Dann ließ er sich eine Flasche Champagner kommen. Er setzte sich auf und sagte auf Deutsch – er konnte nur sehr wenig Deutsch: ›Ich sterbe.‹ Der Doktor konnte ihm nicht wirklich widersprechen und reichte ihm ein Glas Champagner. Und Tschechow bedankte sich mit den Worten: ›Schon lange keinen Champagner mehr gehabt.‹ Er trank und drehte sich dann zur Seite, um nie wieder aufzustehen. Das nenn' ich einmal Stil im Abgang.«

Sie hörte Lous Stimme jetzt in ihrer Seele widerhallen – so, als ob sie im Nebenzimmer in einem Lehnstuhl lümmeln und raumübergreifend in ihrem schnarrendtrockenen Timbre erzählen würde. Gerne legte sie auf diese Historie, die in hunderten Varianten durch die Literaturgeschichte kreiste, dann noch das Todesszenario von Oscar Wilde nach. Aber Mimi konnte nie so recht glauben, dass Wilde verarmt, vergessen und todkrank noch die Kraft und den Witz besessen hatte, in seinem traurigen Hotelzimmer in Calais die letzten Worte »Entweder diese Tapete geht oder ich!« abzulassen.

Im Erzählen von Märchen war Tante Lou immer fantastisch gewesen. Als Mimi noch ganz klein war, hatte sie in Lous Badekabane in diesem mystischen Föhrenwald gerne die Rollos runtergezogen, wenn der Regen an die Fenster klopfte, eine Kerze angezündet und verschwörerisch geraunt: »Bitte, Tante Lou, bastel' mir ein Märchen, das noch keiner kennt. Es kann ruhig ein bisserl schaurig sein, aber bitte keine Toten, nur Verletzte.«

Die Sommertage mit ihrer Tante in Vöslau waren im Museum von Mimis Erinnerung immer auf einem Ehrenpodest gestanden. Mit ihrer kurzen, aber heftigen Salonpunkerin-Phase, so mit sechzehn, hatten sie ein jähes Ende genommen. Da fuhr Mimi dann in den Ferien lieber mit dem Interrailticket quer durch Europa und fand es großartig, am Hafen von Antibes, Nizza oder sonst wo zu übernachten und des Morgens von rüpelhaften Feuerwehrleuten mit einem Schlauch weggespritzt zu werden. Das war das Parfüm der Rebellion, von dem man in dieser Lebensphase nicht genug kriegen konnte.

Sie hatte sich so fest vorgenommen, Lou diesen Sommer aus dem Pflegeheim zu entführen und mit ihr noch einmal ins Bad zu fahren. Selbst wenn sie nicht mehr schwimmen konnte, hätte man doch am Rand des dunkelgrünen Quellwasser-Beckens sitzen und ein Schnittlauchbrot mit Buttermilch im Restaurant essen können. Vielleicht hätte diese vertraute Atmosphäre in ihr Erinnerungen wachgerüttelt. Zumindest wäre sie für kurze Zeit aus ihrem Exil der Verwirrtheit und des Vergessens befreit worden. Jetzt musste Mimi paradoxerweise an einen Satz denken, den sie Christine nach deren letzter großer Trennung von einem französischen Önologen in Folge fünfundachtzig oder so geschrieben hatte: »Wir hätten früher damit aufhören sollen, ›später‹ zu sagen.«

Und jetzt, jetzt gab es unwiderruflich kein »später« mehr. Eine Welle des Schmerzes durchflutete Mimi.

»Mama«, sagte sie und klang plötzlich wieder wie ein kleines Mädchen, »Mama, warum hast du mich eigentlich erst jetzt angerufen? Ich hätte doch so gerne noch einmal ihre Hand gehalten!« In der Trauer glitt man wieder in die Hilflosigkeit eines Kinds.

Jetzt verschlechterte sich die ohnehin lausige Verbindung, und sie hörte ihre Mutter nur mehr bruchstückhaft und mit schwerem Hall. Worte wie »Papa«, »Begräbnis« und »kein Rückflug, alles überbucht«. Daraus schloss sie, dass ihre Mutter nicht rechtzeitig für Lous Beerdigung da sein würde und ihren Vater mit der Organisation der Formalitäten betraut hatte. Dem würde das mit Sicherheit gehörig auf die Nerven gehen. Denn Mimis Vater hatte die exzentrische Lou nie wirklich gemocht und sie stets wie eine angeheiratete Naturkatastrophe betrachtet, weil sie Mimi seiner Ansicht nach viel zu viele Flausen in den Kopf gesetzt und zur Störrigkeit erzogen hatte.

»Mama, ich kann dich kaum mehr hören, ich leg' jetzt auf«, flüsterte sie, weil sie unter keinen Umständen Anton wecken wollte, »bitte pass' auf dich auf und hab's schön!«

Sie glitt die Couch hinunter und legte sich auf den Boden. Dann umfasste sie ihre Beine und rollte sich zusammen. Die Uterus-Position. Und endlich, endlich kamen die Tränen. Nicht mehr denken, nur mehr weinen.

Als Anton sie gegen sieben Uhr morgens schlafend in genau dieser Position auf dem Teppich vorfand, murmelte er nur: »Was wird das jetzt? Regression im Dienste des Ichs? Rückfall in infantile Muster aus Angst, Verantwortung für gestern Abend beziehen zu müssen?«

Mimi deutete ihm, zu schweigen. Angesichts ihres verheulten Gesichts schwieg er kurz, konnte aber dann doch nicht den Therapeuten-Satz »Wir sollten dringend reden!« bei sich behalten. Mimi verließ das Wohnzimmer.

Im Abgang sagte sie, ohne sich umzudrehen: »Wir sollten dringend schweigen. Tante Lou ist tot.«

2. Kapitel

GANZ IN WEISS

Eine Woche später stand Mimi in einem weißen Hosenanzug von Stella McCartney am Badener Helenen-Friedhof vor der frischen Erdgrube, in die man Tante Lou gerade hinuntergelassen hatte. Es war ihr Hochzeitsanzug, sie hatte ihn seit dem »Ich will«-Tag vor vier Jahren nicht mehr getragen, und die Tatsache, dass er ihr überhaupt noch problemlos passte, erfüllte sie nicht ohne Stolz.

Echte Tussi-Gedanken, tadelte sich Mimi innerlich, und das in einem so melodramatischen Moment.

Die pikierten Blicke der restlichen, gänzlich in Rabenschwarz erschienenen Trauergemeinde hatte sie genau so erwartet. Und trotzdem musste sie sich große Mühe geben, sie an sich abprallen zu lassen. Die Wahl ihres Begräbnis-Outfits hatte nichts mit spätpubertärem Trotz gegen bürgerliche Traditionsrituale zu tun, sondern war allein eine Sache zwischen Lou und ihr. Ihre Tante hatte ihr immer wieder davon erzählt, dass Weiß die Trauerfarbe der Hindus sei. Die Hindu-Priester würden auch bei den Verbrennungsritualen schneeweiße Asche auf ihre Häupter streuen, weil sie an eine spirituelle Wiedergeburt glaubten. Weiß gelte als eine Symbolfarbe für Hoffnung und Reinheit.

»Darling, es trägt natürlich auf«, hatte sie gelächelt, als sie ihr beim Bezug ihres Zimmers in der »Alte-Leutchen-Deponie«, wie Lou das Pflegeheim nannte, geholfen hatte, »aber wenn ich den Holzpyjama umgelegt kriege, bestehe ich drauf, dass du Weiß trägst.«

Und natürlich hatte Mimi, wenn Lou in ihren letzten hellen Momenten vor dem Einbruch der Demenz-Erkrankung den Tod bei der Tür hereinließ, immer energisch protestiert. Und ihr versichert, dass sie dem Leben gemeinsam noch »sechs bis acht Hax'n ausreißen« würden.

Und Lou schenkte ihr dann ein mildes Lächeln, unter das eine große Portion Melancholie gemischt war. Ihr Blick signalisierte: »Lieb, dass du dich so bemühst. Aber du und ich wissen, dass das eine Lüge ist.«

Wenn sie an diesen Ausdruck in den Augen dachte, zog es ihr das Herz zusammen.

Es waren nur grob geschätzt fünfzehn Menschen, die sich an diesem lauen Frühsommernachmittag in dem kleinen, fast kuschelig wirkenden Friedhof, sofern dieses Adjektiv für eine letzte Ruhestätte überhaupt angebracht war, versammelt hatten. Die meisten davon kannte sie nicht – es handelte sich wohl um Mitbewohner und Pflegepersonal aus dem Heim. Schwester Frieda war da und die Direktorin der Institution, beide wenig erschüttert; für sie gehörten solche Letzte-Geleit-Prozeduren ja zum Berufsalltag. Von Lous Verwandtschaft war außer Mimi, Anton und Mimis Vater niemand gekommen. Es existierten noch zwei Cousinen zweiten Grads in Wiesbaden, aber Lou hatte die zeit ihres Lebens so tödlich langweilig gefunden, dass sie diese Kontakte bereits vor Jahrzehnten versickern ließ – der dazugehörige Kommentar lautete: »Es wird zwar immer wieder behauptet, dass man sich seine Verwandtschaft nicht aussuchen kann, aber das ist ein Irrtum. I do include them out!«

Ihre Mutter hatte sich unter lautem Gezeter (»Nie werde ich mir das verzeihen können … Aber Bea bringt mich um … Seid's ihr wirklich sicher, dass ihr ohne mich zurechtkommt?«) zur Fortsetzung ihres Urlaubs entschlossen.

Die Versuche ihres Vaters und ihres Ehemanns, sie wie eine alte Frau stützen zu wollen, hatte Mimi ganz schnell energisch unterbunden. »Wenn es euch nichts ausmacht, möchte ich Tante Lou gerne allein Lebwohl sagen«, flüsterte sie ihnen, und leicht beleidigt hatten beide ihr dann den Vortritt gelassen.

Während der Priester sich für Lou, die eine unambitionierte Gewohnheitskatholikin war und gerne den Spruch von Julian Barnes »Ich glaube nicht an Gott, aber ich vermisse ihn« bemühte, ins Zeug legte, verteilte die »Csardasfürstin«, wie sie in der »Alte-Leutchen-Deponie« gerne genannt wurde, Rosen an alle. Sie tat es mit der verbissenen Liebenswürdigkeit einer Messe-Hostess, die für die Laune von wichtigen Kunden zu sorgen hatte. Sigi Herrlichs Karriere als Operettensoubrette der Badener Arena lag inzwischen so weit zurück, dass ihr die letzten Ohrenzeugen ihrer Gesangeskunst bald alle weggestorben waren. Deswegen schätzte die Achtundachtzigjährige jede Möglichkeit für einen Auftritt und die damit verbundene Aufmerksamkeit über die Maßen – selbst wenn er auf dem Begräbnis ihrer Drei-Zimmer-weiter-Nachbarin stattzufinden hatte.

Um den verlorenen Glamour vergangener Tage wieder heraufzubeschwören, hatte Sigi für den heutigen Trauertag einen schwarzen Hut gewählt, besser gesagt ein Wagenrad von einem Hut, dessen Form oval angelegt war; der Schnittverlauf war von einer riskanten Kurvenführung getragen. Der Anlass erschien ihr auch wichtig genug für das Tragen von falschen Wimpern und einem dramatisch bordeauxroten Lippenstift.

Nachdem der Priester sein Amen gesprochen hatte, stellte sich Sigi Herrlich, wie sie Mimi bereits bei der Begrüßung angedroht hatte, vor das offene Grab und räusperte sich:

»Liebe Trauergemeinde! Einer meiner Lieblingskomponisten, dem ich während meiner langen, glückhaften Karriere wirkliche Triumphe zu verdanken hatte …«

Mimi sah zu Boden. Es war zu tragisch, aber auch zu komisch. Diese Bühnenwesen besaßen überhaupt keine Hemmungen, jedes noch so kleinste Schlupfloch zu finden, um sich selbst in den Vordergrund spielen zu können. Und je weniger sie ansonsten Gelegenheiten dazu fanden, desto unerbittlicher gaben sie diesem Drang nach.

Doch, oh Wunder, offensichtlich hatten Sigis Intuitionsantennen jetzt auch durchgegeben, dass dieser Hinweis auf die eigene gloriose Vergangenheit mehr als unpassend war.

Sie räusperte sich nochmals: »Na ja egal, es geht ja heute wirklich nicht um mich, sondern um unsere großartige und so tapfere Louise, die der Herrgott in ihrem fünfundachtzigsten Lebensjahr zu sich geholt hat. Sie liebte das Leben bis zuletzt, aber das Leben liebte sie nicht mehr so zurück, wie sie es eigentlich verdient hätte. Ja, was wollte ich eigentlich genau sagen? Ach, ja … der Komponist Richard Strauss sagte: ›Es ist so schwer, Schlüsse zu schreiben. Beethoven und Wagner konnten es …‹ Und Lou konnte es auch. Ähemm … das hat jetzt natürlich nicht Strauss gesagt, sondern ich. In ihren letzten Stunden hat sie noch einmal nach einem ihrer liebsten Begleiter, dem Flachmann, gefragt …«

Vereinzeltes verhaltenes Lachen wurde hörbar.

Sigi griff jetzt in die Tasche ihres Kostüms und holte das bordeauxrote Etui, das Mimi so gut kannte, hervor. Sie drehte sich um und warf es in das offene Grab: »Für dich Lou – Reiseproviant für deinen letzten Weg. Damit du da oben schon ein bisschen ›tipsy‹ ankommst …«

Schade, dachte sich Mimi und schämte sich gleich ein bisschen dafür. Den Sonntagsflachmann hätte sie sich gerne als Erinnerungsstück behalten.

Jetzt gab Sigi einem Mann, der weit hinten stand, ein Zeichen und wandte sich wieder an die zunehmend amüsierte Trauergemeinde: »Und jetzt ein würdiges Lied zum Abschied. Von einer Frau, die Lou als ›eine von uns‹ bezeichnet hat. Und deren Lebensbekenntnis wie maßgemacht auch zu Lou passte: Hildegard Knef und ›Für mich soll's rote Rosen regnen‹! Ich darf Sie auch bitten, einen letzten Rosenregen auf Lou zu lassen, wenn Sie ihr die letzte Ehrerbietung erweisen …«

Mit einem Ausdruck sichtlichen Bedauerns, dass der Zauber schon wieder vorbei war, trat Sigi jetzt zurück und machte den Trauergästen Platz.

Aus einem mehr als lausigen Soundsystem ertönte die brüchige Stimme der Knef; es musste sich um eine sehr späte Aufnahme handeln:

> »Mit sechzehn sagte ich still:
> ich will,
> will groß sein, will siegen,
> will froh sein, nie lügen …«

Der Text trieb Mimi Tränen in die Augen, sie biss sich auf die Lippen und dachte an einen Besuch bei der Knef in ihrer für Diven-Maßstäbe bescheidenen Wohnung im

Berliner Nobelbezirk Zehlendorf, wenige Monate vor ihrem Tod. Es war vor ihrer Zeit auf den »Irrwegen ins Glück« und sie hatte mit einem Typen aus der Regieklasse eine Idee für eine Dokumentation entwickelt, in der die letzten großen Diven wie die Knef oder die Schell von ihren Fahrten auf der Hochschaubahn des Lebens erzählen sollten. Es kam nur leider nicht mehr dazu. Die Knef starb wenige Monate nach dem Treffen und das Geld für die Dokumentation hatten sie schon vorher nicht auftreiben können.

Aber dafür, dass sie mit ihr eine Stunde verbringen hatte dürfen, war sie im Nachhinein unendlich dankbar. Obwohl die Knef schon sehr geschwächt schien, saß sie stramm und aufrecht wie ein preußischer Offizier in beigen Hosen in ihrem kleinen Wohnzimmer; ihr sehr fürsorglicher Mann Paul von Schell servierte Kaffee und Kuchen.

Empört erzählte sie Mimi von Marlene Dietrich, die abgeschottet in der Avenue Montaigne ihrem Ende entgegengedämmert und nicht einmal gewillt gewesen war, ihre langjährige Freundin zu empfangen: »Ich habe sie angerufen, war auf der Straßenseite gegenüber im Plaza Athenée und sie hat gesagt, nein, sie könne mich leider nicht empfangen. Sie hätte nun einmal beschlossen, ihren Verfall ganz für sich zu behalten. Ich rief: ›Aber Marlene, deine Falten machen doch keinen Leierkasten zwischen uns, hab' dich doch nicht so.‹ Doch da war einfach nichts zu machen. Aber ich, Kind, fand Marlenes Sturheit so doof, dass die Kuh schreit.« Da konnte ihr das »Kind« nur recht geben.

Inzwischen war Mimi an der Reihe mit ihrer Rose. Während sie die Blume auf den Sargdeckel warf, flüsterte sie, nur für sich hörbar: »Verzeih' mir bitte. Ich hab' dich so lange allein gelassen. Und jetzt, jetzt lässt du mich so lange allein.«

Zwei Stunden später saß die gesamte Trauergemeinde, bis auf Schwester Frieda, die wieder in den Dienst musste, beim Heurigen Fischer in Sooß. Die Reste des »Tante-Lou-Gedächtnis-Backhendls« mit Vogerl-Erdäpfel-Salat waren bereits abgetragen, und beschwingt durch weiße Spritzer machte sich jene Erleichterung breit, die Mimi immer bei dem Ritual des Leichenschmauses beobachtete. Es war die Erleichterung, dass man sich – bei allem Schmerz des Verlusts – im Gegensatz zu dem Betrauerten mitten im Leben befand. Und Backhendl essen konnte. Und schlechte Witze erzählen durfte. Und der erschöpften Kellnerin noch ein Lächeln zu entlocken vermochte. Es war eine Art von »Hurra, wir leben noch«-Egoismus, der alle Anwesenden auf eine makabre Art wieder beschwingte. Lou hätte das gefallen. Weniger begeistert wäre sie von der Rosen-Nummer gewesen. Sentimentalitäten mit Schieflage zum Kitsch waren nicht ihr »cup of tea«.

Die »Csardasfürstin«, durch ihren heftigen Rotweinkonsum bereits jenseits der Schamgrenze, enervierte die Tischgemeinschaft mit zahlreichen »Mich hätten Sie sehen sollen«-Anekdoten aus ihrem angeblich so triumphreichen Bühnenleben. Mimis Vater führte mit Anton ein Männergespräch über die überheizte Angebotslage auf dem Immobilienmarkt; sie mochten einander sehr. Er fand übrigens, dass Anton die vernünftigste Entscheidung verkörperte, die seine Tochter je getroffen hatte. Und genau das war wahrscheinlich auch Mimis Problem.

Plötzlich stand Sigi Herrlich auf und deutete Mimi,

ihr nach draußen zu folgen. Vielleicht brauchte sie ja jemanden, der sie auf die Toilette begleitete.

Mimi bot ihr ihren Arm an, um sich unterzuhaken, aber das passte der »Csardasfürstin« gar nicht: »Hören Sie auf, mich wie eine Greisin zu behandeln. Das gefällt mir nicht. Ich bin sogar auf Facebook.«

»Na, dann. Was kann ich für Sie tun?«

Sie kicherte: »Sie könnten mir ein paar Jährchen zurückgeben. Und ein paar Zentimeter. Ich schrumpfe nämlich bald zu einem Laufmeter. Aber zuerst kann ich was für Sie tun …«

Sie kramte umständlich in ihrer Kostümjacke und zog einen Schlüsselbund hervor, an dem eine weiße Feder baumelte. »Das, meine Liebe, soll ich Ihnen geben.«

»Von wem?«

»Von jemandem, der Tante Lou sehr nahestand.«

»Kenne ich den Jemand?«

»Nein, aber vielleicht werden Sie diese Person kennenlernen.«

»Wer ist es?«

Sie zuckte die Schultern und sagte dann bedeutungsschwer: »Das werden Sie möglicherweise ganz von selbst herausfinden.«

Mimi wurde ungeduldig. Wahrscheinlich wollte sich die »Csardasfürstin« mit dieser Geheimnistuerei nur wichtigmachen. »Sigi, was wird das jetzt? Eine Rätselrallye?«

»Nein, gar nicht. Schön pomali. Nehmen Sie doch einmal den Schlüssel.«

»Aber wofür ist er?«

»Er öffnet einen Ort, der für Sie einmal sehr wichtig war …« Sie setzte eine Kunstpause: »Und es wieder werden könnte …«

»Aber wofür ist dieser Schlüssel?«

»Na, halten Sie einmal Ihr hübsches, junges Köpfchen ein wenig windschief.«

»Ist es der Schlüssel für die Kabane … die Waldkabane im Thermalbad Vöslau?«

Sigi nickte wie ein »Millionenshow«-Quizmaster, dem gerade von einem besonders unbegabten Kandidaten eine Hundert-Euro-Frage beantwortet worden war.

Mimi war perplex: »Aber ich dachte, die hätte sie längst aufgegeben.«

»Sie konnte sie zwar die letzten Jahre nicht mehr benutzen, aber sie war, lange bevor es bergab ging, der tiefsten Überzeugung, dass Sie diesen Ort noch einmal ganz dringend brauchen würden. Deswegen hat sie nie den Vertrag gekündigt …«

»Sechsspännig ins Armenhaus«, war immer Tante Lous Motto gewesen. Weil sie das Geld, das sie nicht hatte, in ihren letzten goldenen Jahren gerne mit vollen Händen rausgeworfen hatte, waren ihre Ressourcen nahezu aufgebraucht gewesen. Ihre Pension hatte gerade die Kosten des Pflegeheims gedeckt, es blieb nur ein spärliches Taschengeld für Magazine, neue Brettspiele oder eine monatliche Behandlung beim mobilen Friseur- und Kosmetikdienst, der regelmäßig die »Alte-Leutchen-Deponie« aufsuchte.

Mimi und ihre Mutter hatten diese demütigende Situation mit stillschweigenden Daueraufträgen auf Lous Konto zu lindern versucht. Offensichtlich hatte sie das Geld nicht für sich benutzt, sondern für den Erhalt der Kabane eingesetzt. Mimis Mutter hatte diesen magischen Ort nie zu schätzen gewusst. Sie hätte ohnehin mit dem Garten alle Hände voll zu tun, deswegen wollte sie sich nicht »noch eine Filiale« aufbürden. Daher hatte sie sich nie darum gekümmert, was aus dem weißen Holzhäuschen im Föhrenwald, das wie das Schäferstündchen-Refugium einer Genia Hofreiter aus Schnitzlers »Weitem Land« aussah, geworden war.

Sigi drückte ihr jetzt die Hand: »Und wenn Ihnen einmal ganz langweilig sein sollte, laden Sie mich doch auf eine Soubrettenjause ein. Am liebsten habe ich Erdbeertörtchen, die mit dem Mürbteigboden und dem Bitterschokoladeguss. Aber jetzt sehen Sie einmal, dass Sie selbst klarkommen!«

Mimi war verwirrt. Die »Csardasfürstin« wusste über ihr Leben wohl bestens Bescheid. Dabei waren sie sich zuvor höchstens drei Mal begegnet, und diese Treffen hatten sich auf den handelsüblichen Smalltalk beschränkt. Und wer überhaupt war diese geheimnisvolle Person, deren Identität die »Csardasfürstin« nicht preisgeben wollte?

3. Kapitel

HOLLA, DIE WALDKÖNIGIN!

»Wo willst du denn hin?« Anton lag noch im Bett und sah sie mit dem Blick eines verwirrten Welpen an, während sie in eine kleine Tasche ein paar Handtücher und Badeanzüge einpackte. »Wir wollten doch gemeinsam auf den Naschmarkt, ich habe einen Mariazeller Saibling beim Umar bestellt …«

»Er wird nicht wahnsinnig beleidigt sein, wenn du ihn alleine abholst.«

Er setzte sich auf, das gestreifte Nachthemd, das er anhatte, war seinem Sexappeal nicht wahnsinnig förderlich. Dem Himmel sei Dank trug er Unterhosen drunter.

»So geht Ehe nicht«, sagte er jetzt entschieden und bemerkte erst jetzt, dass er den Zeigefinger erhoben hatte. Er zog ihn schnell wieder ein.

Mimi hatte null Animo für ein Grundsatzgespräch, eine von Antons berufsbedingten Spezialitäten, in denen die Sätze »Wie's mir damit geht, tangiert dich wohl nur peripher« und »Ich habe jetzt gerade keinen Zustand zu deinen Emotionen« die absoluten Spitzenreiter repräsentierten.

»Ich fahre hinaus«, sagte sie und hoffte, dass ihr Tonfall ausreichen würde, um ihn davon abzuhalten, seine Begleitung anzubieten. Natürlich nicht. Anton war ein Control Freak, wusste das aber sehr hinter seiner geschmeidig-sonoren Therapeutenmaske zu verbergen. Auch Mimi hatte eine ganze Weile gebraucht, um dahinterzukommen, wie er unter dieser Camouflage tickte. Sie hatte es anfangs extrem genossen, von Anton »bekümmert« zu werden. Nach all den Saxophonspielern war es einfach unglaublich angenehm gewesen, einen Mann um sich zu wissen, der bei ihrem leisesten Frösteln um ein geschmackvolles Wollplaid rannte. Der Hühnersuppe, das »jüdische Aspirin«, wie er das nannte, kochte, wenn sie zwei Mal hüstelte. Und der keinen allergischen Hautausschlag bekam, wenn man ihn danach fragte, was er eigentlich zu Silvester machen wolle. Die Killerfrage bei allen Saxophonspielern, die mit Sicherheit irgendwann zu der Gegenbemerkung führt: »Du, ich bin, glaube ich, noch nicht soweit für sowas richtig Fixes.«

Und irgendwann war die Sache in die Schieflage geraten. Nur wann, konnte sie nicht mehr so recht rekonstruieren. Irgendwann war sie draufgekommen, dass sie ihre Freundinnen über Wochen nicht mehr gesehen hatte. Und ausschließlich mit Anton traute Zweisamkeit exekutierte. Exekutieren – was für ein furchtbares und gleichzeitig demaskierendes Verb in diesem Zusammenhang.

»Was heißt hinaus? Man achte auf deine Wortwahl: hinaus. Heißt das unbewusst hinaus aus unserer Beziehung?«

Oh Gott, von dieser penetranten Therapeuten-Wortklauberei war sie ja auch schon flächendeckend infiziert worden. Sie nervte aber trotzdem.

»Hinaus heißt hinaus aufs Land, nach Vöslau. Manchmal ist eine Zigarre auch wirklich nur eine Zigarre. Das ist nicht einmal von mir, sondern von deinem Gott Freud.«

»Und wie wär's, wenn ich dich begleite? Es ist vielleicht nicht gut, wenn du da allein bist. Ich werde dich nicht daran hindern, deine Trauer auszuleben, wenn du auf Tante-Lou-Memory-Tour gehst. Versprochen!«

»Es wär' so, dass ich das nicht wirklich wollte. Ich brauch' einfach …« Sie zuckte hilflos die Achseln. Wie viel Erklärungsbedarf war hier eigentlich noch notwendig?

»Abstand?«

»Nenn' es, wie du willst …« Peng, machte ihr Geduldsfaden. Sein Insistieren ließ sie allmählich wirklich ungehalten werden. »Müssen wir jetzt über die Tatsache, dass ich gerne alleine wohin fahren möchte, ein Philosophikum abhalten? Das geht mir nämlich, unbewusst oder bewusst, auf alle Fälle aber gehörig, auf den Rettich!«

Wieder machte sich der Blick des verwirrten Welpen in seinem Gesicht breit. Sie verließ grußlos die Wohnung.

Er rief ihr hinterher: »Wann kommst du wieder?«

»Well, I see you, when I see you!« Danke, Tante Lou. Das war ihre bewährte Abgangsfloskel gewesen, um lästige Menschen, die sie mit Besuchen bedrohten und darauf drängten, das terminlich auch gleich schon einmal festzumachen, abzuwimmeln.

Groucho Marx pflegte in solchen Fällen ein schlichtes »Hello … I must be going« in die Menge zu werfen. Auch diese Variante hatte Lou manchmal benutzt.

Auf der Südautobahn überlegte Mimi, warum sie Anton nichts von dem Schlüssel und den kryptischen Anmerkungen der »Csardasfürstin« erzählt hatte. Wahrscheinlich deswegen, weil sie ihm in all seiner kontrollierenden Fürsorglichkeit durchaus zutraute, dass er plötzlich vor der Tür stand. Und das wollte sie nicht. Vielleicht morgen oder übermorgen, aber heute definitiv nicht. Aus dem Autoradio klang Lana Del Reys »Video Games« – die »Halli-Hallo-alle-gut-drauf?«-Sender hatten es noch nicht geschafft, das Lied trotz Powerplay kaputtzumachen. »Heaven is a place on earth with you«, sang Lana hingebungsvoll. Mimi beneidete sie für diese Hingabe. Wohin mit ihrer Hingabe?

Sie parkte ihr Auto beim oberen Eingang des Bads, unter einem schattigen Kastanienbaum, gleich an der Stelle, wo eine örtliche Bäckerei einen kleinen Kiosk betrieb, um die Versorgung der Kabanenbewohner mit frischem Gebäck, Schokolade und diversen Klatschzeitungen zu gewährleisten.

Gegenüber dem Kiosk befand sich ein Seniorenheim. Es war der Platz, wo früher die Villa Mandl gestanden hatte.

»Hier ist einer der größten Dichter, den dieses Land je hervorbrachte, seiner Verwandtschaft wahrscheinlich gehörig auf die Nerven gegangen«, hatte die Tante oft bedeutungsschwanger angemerkt, wenn sie mit Mimi an der Hand die Stelle passierte. Dann blieb sie meistens stehen, schloss die Augen und befahl ihrer Großnichte: »Schließ' die Augen! Und versuche den Geist von Arthur Schnitzler zu atmen. Die Hausherrin Irene Mandl, geborene Markbreiter, war eine Schwester seiner Mutter. Angesehenes jüdisches Großbürgertum. Sie heiratete unter ihrem Niveau – anfangs. Ihr Mann, der Ludwig Mandl, war ein ausgefuchster Getreidegroßhändler und Börsenspekulant. Er hat es sehr weit gebracht und sich aus relativ kleinen ungarischen Verhältnissen Mitte zwanzig in der Metropole hochgeboxt. Diese Parvenus haben ja oft so eine unglaubliche Energie! Wie viele Reiche war er nahezu krankhaft geizig. Im Zug fuhr er immer nur dritte Klasse, dabei hätte er sich die ganze Eisenbahn kaufen können. Und die Villa war von allen Herrschaftshäusern die mit Abstand am bescheidensten eingerichtete. In jedem Zimmer befanden sich ein Eichen-Bett mit Matratze und Hanfsack, ein Nachttischchen und ein Waschschrank. Kein Pomp, kein Glamour, verhältnismäßig wenig Personal. Angeblich hat Schnitzler sogar im herrlichen grünen Nass des Quellbeckens schwimmen gelernt. Und wahrscheinlich damals schon alle Mädels angebraten, Falott, der er war!«

Wenn Mimi Lou nicht andächtig genug schien, bekam sie einen Klaps auf den Hintern und verbalen Tadel: »Kind, konzentrier' dich bitte! Hier hat unser Arthur mit allergrößter Wahrscheinlichkeit den Satz aller Sätze erstmals formuliert. ›Die Seele ist ein weites Land!‹ Zuvor hatte man ja gar keine Seele. Und deswegen hatte man auch keine seelischen Krankheiten, sondern höchstens Masern oder Keuchhusten. Alles andere war Firlefanz für Wolkenkraxler. Weißt du, von wem dieser herrliche Ausdruck stammt? Man glaubt es kaum: aber vom ansonsten so fantasielosen und eigentlich recht schlicht gestrickten Kaiser Franz Joseph. Seine Frau Sisi war für ihn eine Wolkenkraxlerin … Was wollte ich gleich sagen? Ach ja … Also Schnitzler und Freud haben die Seele ja überhaupt erst auf die Landkarte gesetzt. Sie sind die Baumeister der Persönlichkeit, des Menschen als einzigartiges Individuum. Der eine als Dichter, der andere als Nervenarzt. Merken wir uns das jetzt?«

Mit ihrer gouvernantenhaften Art war die Tante Mimi manchmal schon ganz schön auf die Nerven gegangen. Aber diese kleinen Vorträge musste man erdulden, um das Kürprogramm zu bekommen: die Mondscheinpicknicks mit giftgrünem Wackelpudding und kleinen Lachssandwiches in Wolkenform, die Märchen, die zuvor noch keine Menschenseele erzählt bekommen hatte, die Elfen-Pirsch, auf die sie sich manchmal in der Dämmerung begaben – immer in geblümten Kimonos. Denn – so die Elfologin Lou – nur mit Blumenmustern hätte man den Funken einer Chance auf Sichtkontakt mit den himmlischen Wesen.

An die Existenz von Elfen hatte sie noch bis weit in ihre Pubertät geglaubt. Das Bad, so hatte Lou der faszinierten Mimi immer wieder verschwörerisch zugeraunt, wäre nämlich eine richtiggehende Elfenzentrale. In der dunklen Kühle des Föhrenwalds würde ihre Fantasie besonders gut gedeihen. Aus ganz Europa reisten die Elfen an, um ihre ramponierte Vorstellungskraft hier wieder aufzufrischen. Denn ohne die verlören die Elfen ihre Lebensenergie und bekämen schlappe Flügel. Das Drama eines solchen Elfen-Burnout konnte Mimi in ihrem gegenwärtigen Zustand heute eigentlich weitaus besser verstehen als damals.

Seltsamerweise war sie jetzt richtig erstaunt, dass der Schlüssel tatsächlich das Gittertor sperrte. Irgendwie hatte die ganze Angelegenheit so unwirklich, fast märchenhaft gewirkt, dass Mimi überzeugt war, alles würde wie eine Seifenblase zerplatzen, sobald diese Hirngespinste aus ihrer Vorstellungskraft abgezogen waren.

Doch nichts dergleichen geschah. Sie musste kichern, weil sie an den melodramatischen Satz von Serge-Fritz denken musste: »Märchen haben den Nachteil, dass man sie nicht angreifen kann …«

Irrtum, Schatzerl! Dieses offensichtlich schon.

Es war später Vormittag. In der oberen Reihe der

Holzhäuschen, die sich rechts vom Gittertor an die efeubewachsene Mauer schmiegten, herrschte ritualisierte Geschäftigkeit.

Es wurde vor den Eingängen gefegt und gewischt, manche gossen Topfpflanzen, andere tranken Kaffee. Ein junges Pärchen, sichtlich lasziv zerstört vom exzessiven Liebesspiel der vorangegangenen Nacht, nahm eben am Frühstückstisch Platz. Er fasste mit einem Finger in die Erdbeermarmelade. In dem Moment, in dem er ihn genussvoll abschlecken wollte, packte sie seine Hand und kam ihm damit zuvor. Dieses Pärchen hatte offenbar auch irgendwann im Spätprogramm »9 ½ Wochen« gesehen.

Ein älterer Mann, der schwitzend in einem betagten dunkelgrünen Frotteebademantel auf der Nachbarveranda saß und die dicke Wochenendausgabe einer Tageszeitung in der Hand hielt, betrachtete das Szenario mit sehnsuchtsvollem Wohlwollen. Was ihm sofort einen missbilligenden Blick seiner Frau eintrug, die demonstrativ mit einem Mopp rund um seine Füße wischte und jetzt für den Rest der Putzfläche noch einen verbissenen Zahn zulegte. Wahrscheinlich hatte sie ihre Opferrolle so gut einstudiert, dass sie sich gar nicht mehr von ihr trennen wollte.

Mimi kannte niemanden von den Sommerfrischlern. Wie lange war sie nicht hier gewesen? Es mussten gut fünfzehn Jahre vergangen sein. Sie spürte die taxierenden Blicke der wahrscheinlich über endlos viele Sommersaisonen zusammengewachsenen Freizeit-Kommune und die durch die Luft schwirrenden Fragen: »Wer ist denn bitte die?«, »Darf die denn da überhaupt einfach so reinspazieren?«, »Hilfe, die ist ja noch verhältnismäßig jung, die macht sicher Krach« und »Wo ist bitte der Mann?«

Mimi wollte nicht unhöflich scheinen, hatte aber auch

keinerlei Appetit, jetzt einen Vorstellungs-Marathon zu absolvieren, und beschränkte sich darauf, den sie musternden Gesichtern ein halbherziges Nicken zukommen zu lassen. Gut möglich, dass ihr diese Verhaltenheit als Arroganz ausgelegt werden würde. Nur: Man kann sich nicht um alles kümmern.

In ihrem Rücken spürte sie ein Pfeilgeschwader von Blicken, als sie auf das einzige frei stehende Häuschen zusteuerte, das noch in Sichtweite, aber in einem angenehmen Sicherheitsabstand vom Rest der Gemeinschaft in einer kleinen Mulde lag.

Der Anblick des Jahrhundertwende-Holzhäuschens bereitete Mimi weiche Knie. Ihr Herz pochte auf Hochdruck. Wie absurd! Schließlich handelte es sich um ein Bauwerk und nicht um einen Menschen, dessen prüfenden Blicken sie sich nach Jahren, in denen man sich aus den Augen verloren hatte, stellen musste. Rund um den Verlauf des Daches hatten mehrere Spinnen ihre kunstvollen Netze ausgeworfen, die Fensterscheiben waren nahezu blind vor Schmutz.

In der Ferne hörte sie eine um Hochdeutsch bemühte Frauenstimme, die ihrer Färbung nach aus wenig bebautem Gebiet stammte, sagen: »Die kleine Gnädige gehört ins Gespensterschloss – das hätte man sich ja gleich denken können!«

Offensichtlich hatte das seit Jahren unberührte Häuschen den Stamm-Sommerfrischlern Anlass für wohligschaurige Spekulationen geboten.

Sie drehte sich um und winkte, ohne die Frau zur Stimme ausmachen zu können, mit einem fetten Lächeln in Richtung der aneinandergefädelten Häuschen. Niemand schien sich für ihre überraschende Charmeoffensive zu interessieren. Egal.

Das Schloss war komplett eingerostet. Mehrfach probierte sie, den Schlüssel umzudrehen. Sie kniete sich sogar nieder und versuchte ihn mit einem Stück Holz in die Drehung zu klopfen. Verdammte Scheiße! Da jetzt nicht hineinzukommen, noch dazu vor diesem gnadenlosen Publikum, brauchte sie jetzt so sehr wie das legendäre »rostige Gurkerl im Knie«.

Plötzlich löste sich etwas Mondänes aus dem letzten Häuschen in der Reihe – etwas für dieses Ambiente völlig unpassend Mondänes. Mehr Capri als Vöslau, oder auch Saint-Tropez. Ein Cowboyhut aus Stroh bewegte sich auf sie zu. So ein schnittiges Ding könnte Simone Jürgens im »Trop« der sechziger Jahre an verwegenen Feiertagen getragen haben. Die stolze Besitzerin ließ sich auch sonst nicht lumpen. Ihr zurechtgetrimmter Körper steckte in einem weißen Frottee-Trenchcoat, der mit Dior-Logos übersät war; als Schuhwerk hatte sie für den heutigen Badetag ebenso schneeweiße Peeptoes auf Plateauabsätzen gewählt, die sorgfältig pedikürten Zehennägel erstrahlten in einem aufgeregten Pink. Altersmäßig war dieses Glamourwesen, das die braunen Haare unter dem Hut zu einem strengen Knoten geschlungen trug, schwer einzuschätzen. Eine konsequent gebotoxte Endfünfzigerin möglicherweise. Wie viele der renovierungswütigen Damen hatte auch sie der Wirkungskraft von Collagen im Lippenbereich nicht widerstehen können.

»Dagobert Duck nach einem Bienenstich«, pflegte Plan-C-Daniel jenes Mundmodell zu nennen, das bei B-bis-D-Aktricen, die ihre besten Jahre zunehmend von der falschen Seite anschauten, zurzeit schwer angesagt war.

»Na, was haben wir denn da Liebes!«, säuselte die Dior-Litfaßsäule, anstatt sich vorzustellen, und musterte

Mimi von allen Seiten, als ob sie auf einem Fleischmarkt schwiegermuttertaugliches Material zu sondieren hätte.

»Mimi, Mimi Stein«, stammelte Mimi völlig perplex angesichts der Chuzpe, die ihr hier entgegenschlug, »mit wem habe ich das Vergnügen?«

Ein Lachen, das eigentlich eher der Kategorie Bellen zuzuordnen war, erklang: »Vergnügen? Das werden wir noch sehen, Liebes. Ich bin hier sowas wie die … na ja, man nennt mich die ›Waldkönigin‹.« Dann verfinsterte sich ihr Blick: »Und üblicherweise stellen sich Neuzugänge bei mir vor. Das ist hier bei uns so Usus.«

Mimi parodierte jetzt entsetzte Reue, schlug sich mit der Hand auf den Mund und verkrümmte sich dann zu einem Hofknicks: »Pardon, Königliche Hoheit! Haben Sie bitte Erbarmen mit mir so kleinem Erdenwurm, aber der Bote mit dem Badekabanen-Hofprotokoll hat mich nicht rechtzeitig ereilt. Gibt es irgendetwas, wie ich dieses unverzeihliche Versäumnis wieder glattbügeln könnte?« Sie erhob sich langsam und ließ dabei ihren Blick gesenkt.

Diese Verbeugung vor ihrer Autorität gefiel der Waldkönigin sichtlich: »Sehr hübsch, Kleines. Also, Regel Nummer eins: Es gibt im Reich der Waldkönigin kaum etwas, was man nicht mit einem Mojito für Erwachsene aus dem Weg räumen könnte. Aber das können wir ja auf ein bisschen später vertagen.« Sie betrachtete die dreckverklebten Fensterscheiben und schüttelte sich: »Ich sehe, Sie haben sich noch nicht wirklich installiert … das sieht ja gar nicht gut aus. Na kommen Sie, sperren Sie einmal Ihren Palast auf. Seit Jahren rätseln wir hier, wer zu dem Gespensterschloss gehört. Und wie es da drinnen wohl aussieht.«

Mimi schüttelte nur den Kopf und zeigte auf den an

der Tür steckenden Schlüssel: »Der Schlüssel will mich nicht, bewegt sich keinen Zentimeter.«

Jetzt tat die Waldkönigin etwas komplett Undamenhaftes. Sie fasste sich mit den Fingern zwischen die Lippen und ließ einen ohrenbetäubenden Straßenknirps-Pfiff los, der durch Mimis Kopf wie ein Messer jagte. Wenig später kam ein dunkelhaariges Schmelzauge in kurzen Hosen und mit einem neckischen Schirmmützchen. Er salutierte: »Carissima Lilliana – was kann ich dir tun?«

»Da würde mir einiges einfallen, Achille, aber zuerst solltest du die junge Dame … also die Tür öffnen. Das Ding klemmt.«

»Oh, immer diese Ding«, grinste Achille und bezwang das Problem in wenigen Minuten.

Kleine Schlüpfrigkeiten schienen zur Kommunikations-Choreographie zwischen Achille und der Waldkönigin zu gehören. War hier eigentlich Trinkgeld angebracht? Während Mimi noch überlegte, hatte sich Achille bereits mit einem Siegerlächeln aus dem Staub gemacht.

Eigentlich wollte sie den Moment, diesen für sie emotional so hoch besetzten Ort nach Jahren erstmals wieder zu betreten, ganz für sich alleine haben. Doch die Waldkönigin machte keinerlei Anstalten, sich zu trollen. Im Gegenteil: »Also, wollen wir mal, wir zwei Hübschen?«, fragte sie und deutete Mimi großzügigerweise, die Vorhut zu machen.

Es roch muffig. Nach altem Lavendel, der schon ewig zwischen feuchtklammen Bettlaken lagerte. Das große, mitternachtsblaue Kuschelsofa, auf dem sie so oft in Lous Schoß eingeschlafen war, dominierte noch immer den Raum. Ein Hula-Hoop-Reifen aus Nussholz baumelte an der Wand.

Der Hula-Hoop-Reifen. Tante Lou hatte ihn oft früh am Morgen, wenn das ganze Bad noch im Morgentau lag, für ihre Gymnastik benutzt. – Nicht weinen, nur nicht weinen.

Auf dem Geschirrregal, das an der Wand hing, standen noch die alten Zwiebelmuster-Teller, auf denen Mimi so oft ihre Lachssandwiches in Wolkenform mit Radieschen gegessen hatte.

»Steck deine Kindheit in die Tasche und renne davon. Denn das ist alles, was du hast.«

Die Waldkönigin sah sie jetzt erstaunt an. Offensichtlich hatte Mimi den Satz, den Romy Schneider immer wieder in Interviews zitiert hatte, eben laut gesagt.

In einer Bücherstellage fand sie ihre geliebte »Pippi-Langstrumpf«-Ausgabe neben Kästners »Pünktchen und Anton«, Schnitzlers »Der Weg ins Freie« und Tschechow-Kurzgeschichten. Das kleine blaue Buch war völlig abgegriffen: »Für Mimilotta – zum siebenten Geburtstag – von Tante Lou, dem Schrecken der Meere.« Konnte sie noch alle Vornamen? Pippilotta Viktualia Rollgardina Pfefferminz Efraimstochter Langstrumpf. Pfuuh, noch einmal Glück gehabt.

Pippilotta mit den Ringelstrümpfen und dem »Kleinen Onkel«. Saublöder Name eigentlich für ein Pferd. Sie hatte Pippi vergöttert. Ihre Energie der Anarchie. Eigentlich war Pippi das perfekte »Role-Model« eines selbstbestimmten Lebens – eine Pionierin des Glücks und der Freiheit, lange vor den sauöden Schutzheiligen der Esoterikerinnen – Paulo Coelho und dem Dalai Lama. Pippi machte sich ihre Welt – widewidewitt –, wie es ihr gefiel. Mimi hatte zwar kein Äffchen und kein Pferd, doch mit einer kleinen Villa Kunterbunt war schon einmal ein Anfang gemacht. Ganz ehrlich musste sie sich aber eingestehen, dass ihr Leben zurzeit weit mehr Annika als Pippilotta war.

Lilliana zog sich jetzt ihren Hut tiefer ins Gesicht und schlang die Arme um ihre Super-Badetrenchcoat-Extravaganza: »Mir ist kalt. Ich geh' jetzt lieber wieder einmal. Sie haben hier ja noch einiges zu tun. Wenn Sie Putzmittel brauchen, und Sie brauchen Putzmittel: Vorne am Hauptplatz gibt's einen Drogeriemarkt. Bleiben Sie jetzt eigentlich länger hier?«

Sie sprach etwas gestelzt. Ihre Tonfärbung klang nach neuem Geld und hatte einen Stich ins Vulgäre, ohne wirklich unangenehm zu sein.

»Ich weiß es nicht. Für einige Zeit sicher«, sagte Mimi.

»Haben Sie einen Mann? Kommt der auch?«

»Ja, hab' ich. Aber der ist nicht da.«

»Danke. Das kann ich sehen. Wo ist er denn?«

»In Wien. Und in seiner Mitte. Dort fühlt er sich eigentlich auch ganz wohl. Nur ich … ach egal.«

Soviel kryptische Andeutungen überforderten die Waldkönigin jetzt sichtlich. Sie war eine Frau, die handfeste Fakten bevorzugte. Mit Wolkenkraxeleien à la Mimi konnte sie so gar nichts anfangen: »Sei's wie's sei. Können Sie Backgammon?«

Mimi schüttelte den Kopf.

»Pokern?«

»Lieber gehe ich wettsaufen mit einem garstigen Kosakenchor. Das Leben ist einfach zu kurz für Gesellschaftsspiele.«

Jetzt schüttelte Lilliana missbilligend den Kopf: »Sie sind aber auch keine ganz Unkomplizierte. Ich muss jetzt wirklich los. Mein Mann wohnt leider nicht in Wien Mitte, sondern in Baden. Der wünscht mit mir zu speisen. Und zwar täglich. Man glaubt ja nicht, wie anhänglich der noch nach über dreißig Jahren Ehe ist. Keine Mahlzeit will er ohne mich einnehmen. Nur hier lässt er mich in Ruhe, er ist nämlich kein Schwimmer … Und einen Liebhaber hab' ich auch noch. Aber psst!«

Sie legte den Zeigefinger vertikal auf ihre Lippen und raunte: »Bitte mich nicht verraten!«

Wie seltsam, dass diese Frau, die sich bei Mimi noch nicht einmal namentlich vorgestellt hatte, sich jetzt bemüßigt fühlte, ihr Privatleben vor ihr auszubreiten. Die Briten haben für Menschen, die mit ihren intimsten Geheimnissen hausieren gehen, die herrliche Redewendung: »Way too much information.«

Sie wollte aber nicht unhöflich desinteressiert wirken, schließlich sollte man es sich hier mit der Waldkönigin nicht verscherzen, sondern fragte: »Wie aufregend! Ist es Achille?«

»Nein, viel besser. Aber der ist auch nicht von schlechten Eltern, gell? Schaut aus wie von der ›Desperate Housewives‹-Besetzungscouch. Übrigens …« Sie streckte Mimi ihre ebenfalls in aufgeregtem Pink lackierten Finger entgegen: »Lilly Lippburger, von Beruf Reglerin …«

»Reglerin wovon?«

»Existenzen, meine Liebe. Was glauben Sie denn eigentlich, was sich hier in diesem idyllischen Ort hinter den Kulissen abspielt?! Dramen, Tragödien, Zwischenfälle aller Art. Mal ist ein Abfluss verstopft, mal will ein Ehemann sich selbst finden. Und wenn diese Selbstfindung Mitte zwanzig ist und Beine, so lang wie ein Regentag, hat, dann muss Lilly Lippburger mit vollem Karacho dazwischenfahren …«

»Ich versteh', was Sie meinen. Drama ist mein zweiter Vorname.«

»Beruflich oder privat?«

»Beruflich. Noch … ich zimmere Schicksale. Kennen Sie die Telenovela ›Christine – Irrwege ins Glück‹?«

Lilly grinste: »Den vermaledeiten Hausfrauen-Plunder vom Nachmittagsprogramm?«

Mimi fand ja nicht, dass sie unrecht hatte, aber ein bisschen neutrale Höflichkeit hätte sie jetzt schon angebracht gefunden. Sie antwortete kühl: »Ja, genau den. Ich bin die Autorin und Erfinderin des Hausfrauen-Plunders.«

Ein Begeisterungsflash überflog Lillys Gesicht: »Ach, Mimi, war doch nur Spaß. Ich liiiiebe Christine und vor allem ihre ›Irrwege ins Glück‹. Nein, das ist ja zu großartig. Ich bin ja schon so gespannt auf die nächsten Folgen. Ob dieser Sturkopf von Serge endlich kapiert, dass es auf diesem Planeten nur eine Frau für ihn gibt … Und die schönen Landschaftsaufnahmen.« Sie huschte auf die Veranda und setzte noch einmal einen ohrenzerschmetternden Pfiff in die Landschaft: »Hey, alle einmal herhören! Wir haben hochprominenten Zuwachs bekommen: Christine, also nein, Mimi natürlich, die geistige Mutter von Christine, der schicksalszerzausten Winzertochter vom Nachmittag!«

Die Waldkönigin hatte wohl in diesem Idylle-Streifen tatsächlich das Zepter in der Hand, denn jetzt drang eine Wolke von aufgeregtem und anerkennendem Raunen herüber. Nur der Erdbeermarmeladen-Gatte, offensichtlich von aufmüpfigem Naturell, pfiff zurück, was ihm von der Seinigen einen tadelnden Blick eintrug.

»Sehen Sie, wie schnell das geht?« Lilly war jetzt selbst beeindruckt von ihrer Macht: »Ich bin nämlich hier nicht nur Waldkönigin und Existenzen-Reglerin, sondern auch eine Art Integrationsbeauftragte. Ohne mich läuft hier in jedem Fall nichts. Also – ich hoffe, wir sehen uns so gegen sechs bei mir auf Drinks. K.W.W.G.«

»Bitte wie?«

»Keine Widerrede wird geduldet!«

Nach Lillys Abgang atmete Mimi erleichtert durch. Sie fand die Frau in ihrer schrulligen Pompösität durchaus liebenswert, aber sie roch auch irgendwie nach Stress. So wie ihr Handy, das eben einen SMS-Eingang registrierte. Überraschenderweise von Anton.

»Brauchst du irgendwas?«

Mimi tippte zurück: »Ja, ein bisschen Zeit für mich.«

Das war ihm nicht genug: »Wann kann ich wieder mit dir rechnen?«

Sie antwortete: »Ich bin nicht gut in Mathematik.«

Dann drehte sie das Ding ab, ohne die Antwort abzuwarten. Sie riss die Fenster auf, krempelte die Ärmel hoch und sagte laut zu sich: »So, Mimilotta! Der Rest deines Lebens beginnt genau jetzt.« Das war auch so ein Satz aus der Klischeekiste von »Irrwege ins Glück«.

Den Rest des Nachmittags verbrachte sie damit, das Schloss zu ent-gespenstern. Sie fuhr in den Supermarkt und kaufte Putzmittel, Lebensmittel, Toilettezeug, Bettwäsche und Blumen. Dann knallte sie sich ihren iPod in die Ohren und schrubbte, kehrte und wischte, als ob sie bei Bree Van de Kamp, dem rothaarigen Putzteufel aus »Desperate Housewives«, als Aspirantin anheuern wollte. Wenn man den Kopf freikriegen wollte, war so ein Putzmarathon zu aggressivem französischem Hiphop, der von Asphaltkriegen in den Pariser Hinterhöfen erzählte, gerade das Richtige. Man brauchte an nichts zu denken – außer daran, dass die nächstgelegenen Rostränder oder Staubschichten verschwanden.

Gegen fünf ging sie erstmals hinunter ins Badeareal. Zuerst unter den Wasserfall, über dem eine stoisch blickende nackte Steinschönheit gleich einer unkorrumpierbaren Wächterin thronte. Mimi schloss die Augen, als das kalte Wasser aus der Steinrinne, die aus einem Efeudickicht ragte, auf sie einprasselte. Es fühlte sich an, als ob sie sich ihr falsches Leben abwusch. Dann wanderte sie über die breite Steinstiege hinauf zum dunkelgrünen Quellbecken, das wie ein Teich eingebettet zwischen der Liegewiese, den schützenden Platanen und dem in sattem Schönbrunnergelb gehaltenen Restaurant lag. Ein Bild wie eine Fieberfantasie aus einer Arthur-Schnitzler-Novelle. Wie schön, dass dieses Ambiente von allen Modernisierungszwängen verschont geblieben war. Wahrscheinlich waren auch die weißen Eisenduschständer mit den großen Brauseköpfen und dem Kettenzug dieselben, unter denen sich schon Adolf Loos, Hugo von Hofmannsthal und die berühmte Salon-Königin Berta Zuckerkandl abgekühlt hatten. Der Himmel hatte sich inzwischen ein wenig verdüstert, viele Badegäste packten deswegen hastig ihr Zeug zusammen, um den Heimweg anzutreten; sie misstrauten den bleigrauen Wolken. Das sollte ihr nur recht sein. Sie stieg die altmodische Holztreppe hinunter, die noch genau so war wie damals, und glitt ins Wasser. Es dauerte nur ein paar Tempi, bis sich das Gefühl wieder einstellte. Dieses Gefühl, beschützt und geborgen zu sein. Sie drehte sich auf den Rücken und ließ sich mit geschlossenen Augen treiben. Ihr Kopf war beinahe vollkommen entleert von allem, was in ihr Beklemmungen erzeugte: Anton und seine Ansprüche an ihr Zusammensein; die Intrigen ihrer von Ehrgeiz zerfressenen Hauptdarstellerin. Allein die Tatsache, dass sie nie wieder mit Lou zum Ursprung der

Quelle schwimmen und mit ihren Händen aus ihr trinken würde, hinterließ einen Wundschmerz, der durch nichts zu dämpfen war. Sie tröstete sich damit, dass Lou sie jetzt, wie Pippi Langstrumpfs Mutter einst, von einer Wolke aus hochzufrieden beobachtete.

Sie spürte vereinzelte Regentropfen auf ihr Gesicht prasseln, öffnete aber die Augen nicht. Als sie langsam zu frieren begann, durchzog sie das Becken, das ihr inzwischen ganz allein gehörte, kraulend mehrere Längen lang. Sie schaffte es jedoch nicht, zur Quelle zu schwimmen. Noch nicht. Das würde noch eine Weile dauern. Was für ein fantastisches Gefühl, in einem Schwimmbecken nicht auf Beton, sondern auf Kieselsteine zu treten. Wenn sie die Augen schloss, sah sie Tante Lou in ihrem altmodischen marineblauen Esther-Williams-Badeanzug auf der Holztreppe stehen und ihr aufmunternd zuwinken. So, als wollte sie ihr sagen: »Darling, mach' dir um Himmels willen deine Welt, wie sie dir gefällt. Alles andere macht doch nur einen schlechten Teint!«

Wie sehr sie Lou vermisste, aber gleichzeitig das Gefühl nicht verlor, von ihr nicht unkritisch, aber liebevoll beobachtet zu werden. Tropfen klopften jetzt in immer kürzeren Abständen auf ihren Kopf, es nützte sowieso nichts. Sie konnte ihrer Trauer nicht davonschwimmen.

Können Elfen eigentlich schwimmen? Was für Fragen an das Universum aber auch, Mimilotta. Kurt Tucholsky hatte für Anwandlungen dieser Art das Bonmot »Meine Sorgen möchte ich haben!« auf Lager.

Völlig durchfroren lief sie durch das menschenleere Bad nach oben, vorbei an den kleinen Balkonkabanen, die wie putzige Puppenhäuschen aneinander gekuschelt links von dem steinernen Stiegenaufgang lagen. Der Regen prasselte inzwischen aus vollen Kannen. Sie nahm eine heiße Dusche. In der taubengrauen Kommode fand sie eine Packung weißer Kerzen, die sie auf einem Silberteller drapierte. Vielleicht hatte sie ja Glück und die Cocktailparty war wegen Schlechtwetters abgesagt. Viel lieber würde sie jetzt, eingepackt in die blaubraun karierte Wolldecke, ein Fläschchen vom Sooßer öffnen und Tschechow lesen.

Keine Chance. Lilliana klopfte schon an ihr Fenster. Für den Abend hatte sie einen Coco-Chanel-mischt-Deauville-auf-Look gewählt: weite Marlene-Dietrich-Hosen aus blauem Leinen, einen dunkelblau-weiß gestreiften Pullover aus dünnem Kaschmir, auf dem lange, weiße Perlenketten baumelten, ihr Haar trug sie offen und sorgfältig gelockt.

»Mimi, wir brauchen Sie ganz dringend.«

»Ich wollte ohnehin gleich rüberkommen.«

»Sie Schwindlerin. Es herrscht nämlich der volle Katastrophenalarm auf Pavillon 3.«

»Das ist doch ein Bad und keine Irrenanstalt.«

»Das glauben Sie, meine Liebe. Da werden Sie sich noch schön wundern.«

Mimi deutete Coco/Lilly doch hereinzukommen und fragte: »Wo brennt's denn?«

»Bei unserem jungen Liebespaar. Ich glaub', mein Schwein pfeift … Alles ganz frisch bei denen. In Wahrheit sollten die Hormone Boogie-Woogie tanzen. Und heute am Nachmittag eröffnet er ihr, dass er … na ja … sie wirklich ganz super findet. Und er für eine Frau noch nie solche Gefühle empfunden hat.«

»Na, das ist doch prima. Wo soll denn da der Haken sein? Ich sehe die Katastrophe nicht wirklich.«

»Setzen Sie sich, meine Liebe. Eins nach dem anderen … Oder haben Sie es eilig?«

Alles klar. Lilly Lippburger gehörte zu jenem Menschenschlag, der das Drama anderer Leute nicht achtlos hinunterschlucken, sondern sich genüsslich auf der Zunge zergehen lassen wollte – wie Brüsseler Trüffelschokolade. Was gab es denn auch wirklich Schöneres, als das Beichten anderer Leute Sünden? Man roch am Dreck, ohne sich dabei die eigenen Hände schmutzig zu machen. Ein ideales Gesellschaftsspiel, das quer durch alle Schichten und Altersgruppen wie sozialer Superkleber wirkt.

Lilly nahm am Tisch Platz und erweckte dabei den etwas bedrohlichen Eindruck, dass sie länger zu bleiben gedachte: »Also … dass unser junger Tiger noch nie für eine Frau solche Gefühle empfunden hat, hängt nur in zweiter Linie an besagter Frau … Es gab nämlich bis jetzt nur drei Frauen in seinem Leben …«

»Na, ein Spätzünder. Das ist doch auch irgendwie morantisch …« Langsam langweilte sie diese Taktik der künstlich hinausgezögerten Spannung.

»Morantisch?«

»Romantisch … ist ein Running Gag bei uns. Ach, vergessen Sie's einfach.«

Lilly registrierte missbilligend Mimis schleichendes Desinteresse an ihrer Story und trat jetzt auf das Gaspedal: »Es waren bis jetzt deswegen so wenige Frauen in dem Leben von unserem Günther, weil er vorher schwul war.«

»Huch, das klingt ja fast wie aus einer amerikanischen Late-Night-Soap mit progressivem Drall …«

»Mimi! Das ist kein Fernsehspiel, sondern das wahre Leben. Und das wahre Leben tut weh!«

Mimi behielt jetzt einen ihrer Lieblingssprüche von Woody Allen lieber bei sich, der da lautete: »Das Leben imitiert nicht die Kunst, sondern schlechtes Fernsehen.«

So sagte sie nur versöhnlich: »Ach, herrje, ich verstehe. Es reicht ja wirklich, wenn man sich gegen die Konkurrenz von einem Geschlecht zur Wehr setzen muss, zwei sind ja wirklich ein bisserl viel.«

»Also«, raunte Mimi, »da drüben liegt ein Häufchen Elend, denn Günther ist nach seinem Coming-out heute Nachmittag nach Wien gereist. Er sagt, er müsse ganz viel nachdenken.«

»Oiwee«, würde Mimis Freundin Esther, die einen ähnlichen Hang zum Drama anderer Leute besaß wie Lilly, jetzt wehklagen und die Hände über dem Kopf zusammenschlagen, »wenn Männer ganz viel nachdenken müssen, kann man sich ja schon einmal getrost ganz viele Sorgen machen!«

Mimi hoffte einen Herzschlag lang, dass diese prekäre Situation einen Notausgang aus der Abendgestaltung, zu der sie Lilly verdonnert hatte, bedeuten könnte. Juchhu, vielleicht doch Tschechow und Rotwein!

»Lilly, dann wird die junge Frau …«

»Susi, das ist unsere Susi …«

»Dann wird die junge Susi mit Sicherheit in diesem schrecklichen Zustand niemand Wildfremden um sich haben wollen. Sie müssen sie trösten, zu Ihnen hat sie Vertrauen. Ich komme heute Abend wirklich ganz gut alleine zurecht.«

Jetzt stand Lilly in einem melodramatischen Schwung auf: »Kommt überhaupt nicht ins Tütchen! Sie lassen mich nicht allein hier die seelische Notambulanz machen. Außerdem sind Sie ab heute nicht mehr wildfremd. Sie sind amtliches Mitglied der Vöslauer Sommerfrischler-Karawane. Also, auf in den Kampf!«

Sie nahm Mimi am Arm und zerrte sie nachgerade hinaus. Auf dem Weg über die Wiese flüsterte sie ihr zu: »Es kann außerdem noch gut sein, dass ich etwas vorhabe. Ist aber noch nicht sicher. Der junge Mann muss einmal schauen, ob er sich aus seiner Abendgesellschaft davonstehlen kann. Und dann sollte in jedem Fall jemand bei Susi sein, um Taschentücher, weiche Worte und harte Drinks zu reichen.«

Mimi nickte gottergeben. »Klare Abgrenzungsproblematik«, würde Antons niederschmetternde Diagnose in diesem Fall lauten.

Es war nahezu dunkel im Pavillon 3. Lilly klopfte, hielt es aber nicht für notwendig, die Aufforderung einzutreten, abzuwarten. Das Ambiente wirkte wie aus einem »Elle Decoration«-Magazin gepurzelt – italienische Sitzlandschaft in couragiertem Peach, ein Kelim, in dem der Farbton auch aufgegriffen wurde, marokkanische Tischleuchten aus ziseliertem Silber auf einem runden antikindischen Couchtisch, an den Wänden hingen gerahmte Werbeplakate aus den zwanziger Jahren.

Susi kauerte, eingewickelt in eine pflaumenfarbene Wolldecke, auf der Sitzlandschaft und umklammerte eine Tasse Tee. Mehr zu sich selbst als zu ihrem Besuch sagte sie: »Ich hätte es wissen müssen. Kein heterosexueller Mann bäckt freiwillig Ingwerkekse. Und das hier, das hier geht alles allein auf sein Konto.« Sie deutete mit einer schwachen Geste in den Raum, als ob der sich eine Mitschuld für ihr Liebesdesaster aufgeladen hatte, dann murmelte sie: »Hätte man sich auch denken können, dass sich dieses Wohnzimmer kein heterosexueller

Mann ausdenken kann. Ich totaler Vollidiot! Für einen heterosexuellen Mann hatte er auch viel zu viele Barbra-Streisand-Nummern auf seinem iPod.«

Sie verdrehte die Augen gen Plafond, als ob sie sich selbst jetzt dafür ausführlich rügen müsste, diese ohnehin blutrot leuchtenden Alarmsignale völlig ignoriert zu haben.

Susi zählte zu jener Sorte von Frauen, zu denen einem beim ersten Hinschauen das Adjektiv »putzig« einfiel. Sie trug ihr weißblondes Haar in einem zerstrubbelten, kinnlangen Stufenschnitt, war von Gott mit einem Lana-Del-Rey-Mund und kornblumenblauen Kulleraugen gesegnet worden, und ihre zarte, mittelgroße Statur schien wie maßgemacht dafür, bei Männern Beschützerinstinkte zu mobilisieren.

Lilly war mit einem Kopfschütteln, das Mitgefühl signalisieren sollte, schnurstracks in Richtung Kühlschrank gestochen und begann Drinks zu mixen. Während sie Wodka Tonics fabrizierte, seufzte sie: »Nirgends, aber wirklich nirgends geht's so zu, wie auf dieser depperten Welt. Aber wie soll man denn auch auf das alles vorbereitet sein? Irgendwann kriegt man von seiner Mutter eine Barbie und einen feschen Ken unter den Weihnachtsbaum gelegt und für eine ganze lange Weile glaubt man auch ganz fest, dass so das Leben funktioniert. Barbie und Ken. Und irgendwann kommen dann die kleine Kelly, als Manifest dieser Liebe, und der Camper. Davon ist man überzeugt. Denn man hat seiner Mutter vertraut. Nur, mit den fortschreitenden Jahren wird diese Überzeugung immer weniger. Und irgendwann fühlt man sich wie ein Eisbär in der Antarktis – auf einer kleinen, schwindenden Überzeugungsinsel im sich ständig mehr erwärmenden Meer. Man ist nicht mehr jung, aber auch noch nicht alt, und hofft, dass man die Taste findet, die die Zeit einfriert. Standbild. Man findet sie natürlich nie, aber man gibt die Hoffnung nicht auf.«

Sie schüttelte den Kopf noch einmal nachhaltig: »Völlig vertrottelt. Aber was soll's! Jetzt ist in jedem Fall ein verdammt schlechter Moment, um nicht zu trinken.«

Mimi und die grundtraurige Susi warfen einander, obwohl sie sich überhaupt nicht kannten und einander nicht einmal vorgestellt worden waren, nach diesem Monolog vielsagende Blicke zu. Beiden war klar, dass Lilly mit ihrer »Ken-Barbie-und-der-Eisbär-Theorie« nicht von Susis »Günthergate« geredet hatte, sondern von ihrem eigenen Leben. Da schimmerte doch zart eine große Verbitterung durch.

Lilly servierte die Drinks und ließ sich in die Sitzgruppe knallen: »Mimi, Susi. Susi, Mimi. Himmel, das klingt ja bescheuert nach einer ersten Übung aus einem Volksschullesebuch. Also, meine Damen! Auf das Leben!« Sie erhob ihr Glas.

Es sollte noch ein langer und vor allem langatmiger Abend werden. Wie alle Menschen, die in den Scherben ihrer Träume sitzen, wollte auch Susi von ihrem Trostpersonal ihre Tragödie zig-mal nach allen Seiten gedreht und gewendet wissen und mit der Farbe der Hoffnung interpretiert bekommen.

»Männer, Frauen, Frauen und Männer«, hatte Mimi nach ihrer dritten Nachfüllung doziert, »es geht doch um den Menschen. Wen man einen Menschen liebt, ist es doch völlig wurscht, welchem Geschlecht er angehört.«

Lilly war das jetzt wirklich zu schlampig gedacht: »Hör' mir auf mit diesen Kalendersprüchen. Er hätt' seine Vergangenheit einfach für sich behalten sollen. Ehrlichkeit ist in der Liebe oft unökonomisch.«

Mimi erinnerte sich jetzt, dass Lilly ja eigentlich in der Warteschleife für ein spätes Schäferstündchen kreiste. Die Aussicht darauf erfüllte sie aber wohl mit mäßiger Leidenschaft, denn ihr Handy lag unbeachtet in ihrer Handtasche und sie verwendete auch keine Aufmerksamkeit darauf, ob es läutete oder eine Sehnsuchts-SMS eingetrudelt war. Lilly hatte überhaupt in der Debatte eine eigenartige Position eingenommen. Statt sich um Susis Elends-Reduktion zu bemühen, hatte sie eher gezündelt. Denn immer wieder ließ sie Bemerkungen fallen wie »Maßlos sind sie, diese Mannsbilder, als ob ein Geschlecht nicht genug wäre« oder »Igitt – das muss man sich einmal vorstellen. Na, ich könnt' mit so einem bisexuellen Problembärchen gar nicht mehr – außer er argumentiert in Karaten.«

»Wieso«, hatte Susi ganz stumpf vor Trauer gefragt, »was nützt mir denn da eine asiatische Kampfsportart?«

Das amüsierte Lilly sehr: »Dummerchen, liebes – Lieben vergehen, aber Diamanten bleiben für immer. Karate sind viel verlässlicher als Gefühle.«

Gegen Mitternacht verabschiedete sich Mimi, trotz des Protests der beiden. »Ich muss jetzt los, die Welt retten wir heute ohnehin nicht mehr.«

Es war stockdunkel, als sie nach draußen ging. Der blasse sichelförmige Mond war von Wolken verhangen, es fröstelte Mimi. Sie war richtiggehend erschöpft. Die sich im Kreise drehenden Gespräche über Probleme, deren Betroffene sie kaum oder gar nicht kannte, hatten ihr die Energie abgezogen. Sie bewunderte Anton dafür, dass er die Kraft besaß, sich mit den privaten Weltereignissen wildfremder Leute tagtäglich über Stunden auseinanderzusetzen. Ein echter Knochenjob. Da war sie ja noch besser dran, sie durfte die Tragödien ihrer Figuren wenigstens selbst gestalten und Schicksalsgöttin spielen.

Jetzt würde sie sich gern an ihn lehnen und mit ihm schweigen. Aber das würde schon deswegen nicht funktionieren, weil Anton so gar kein Schweiger war. Er hatte einen Horror vor der Stille, wahrscheinlich hatte seine Mutter ihn öfter mit einem Kommunikations-Embargo bestraft. Man konnte zwar mit seiner Kindheit weglaufen, aber nicht vor ihr.

Als sie vor ihrem Häuschen angekommen war, setzte sie sich auf den weißen Korbstuhl, den sie beim heutigen Putz-Marathon von seiner grauen Dreckschicht befreit und auf die Veranda gestellt hatte, und atmete tief durch.

In der Ferne, zwischen mehreren Bäumen, sah sie plötzlich, dass sich etwas bewegte. Wie morantisch! Ein Liebespaar? Oder waren das vielleicht Rehe? Doch Rehe, selbst die in den Disney-Filmen, trugen selten einen weißen Umhang. Das war doch ein weißes Tuch, das da flatterte? Mimi schärfte ihren Blick. Himmel! Das Tuch umhüllte eine Frau. Ihr Gesicht konnte sie nicht erkennen, sie sah sie nur von hinten. Ihre flachsblonde, lange Lockenmähne wurde vom Wind umspielt. Sie hob die Arme, drehte sich halb in Richtung Mimi und schien ihr zuzulächeln. Mimi stand auf, sie wollte ihr entgegengehen, doch auf halbem Weg hatte sich die Frau in Luft aufgelöst. Wie weggebeamt. Mimi rieb sich die Augen. Sie hatte mit Sicherheit zu viel getrunken. Statt der berühmt-berüchtigten weißen Mäuse, die in Witzen über Alkoholiker immer vorkamen, sah sie eben weiße Frauen. Oder war das eine weit gereiste Burnout-Elfe, die sich an diesem magischen Ort ihre Fantasie wieder aufpeppen wollte? Vielleicht hatte ja Tante Lou dieses Wesen geschickt – als eine Art Gruß aus der Himmelsküche? Aber möglicherweise – was für eine enttäuschend banale Vorstellung! – war es doch nur eine Sommerfrischlerin, die ihre Schlafstörung durch nachmitternächtliche Wiesensprünge zu domptieren suchte.

»Mimilotta«, sprach sie sich jetzt leise Mut zu, »du bist einfach müde, wodkamüde. Leg' dich in dein Bett und roll' die Balken runter. Denn die weiße Frau wird jetzt auch bald schlafen gehen!«

Sie hatte zu sich wie eine Mutter zu ihrem verängstigten Kind gesprochen. Das amüsierte sie jetzt wieder. Dann musste sie an einen von Antons Psychiaterwitzen denken: Ein Mann kam zum Nervenarzt, weil seine Frau plötzlich Hühner in der Küche sah. Der Doktor riet ihm, er möge ihr sanft beibringen, dass diese Hühner nicht echt wären, sondern Halluzinationen aufgrund eines gestörten Stoffwechselprozesses in ihrem Hirn. Der Mann überlegte kurz und schüttelte dann entschieden den Kopf: »Das werde ich nicht machen, Herr Doktor. Ich brauche nämlich die Eier.«

Aber was legen Elfen, die ja wahrscheinlich Säugetiere sind? »Irrwege ins Glück« allenfalls?

Das Zimmer roch angenehm: Der leicht modrige Lavendelduft war zwar noch immer da, aber die Zitronendüfte diverser Putzmittel hatten sich mit ihm auf eine wohltuende Art vermengt. Der Mief, der sich in über Jahren nicht gelüfteten Räumen ebenso ansammelte, hatte sich verzogen.

Sie putzte sich die Zähne, bezog das Bettzeug mit den neuen Überzügen und kroch auf das mitternachtsblaue Sofa. Sie war todmüde. Und dachte an den Titel einer Goya-Radierung: »Der Schlaf der Vernunft gebiert Ungeheuer.«

Das Bild zeigte einen Mann, vornüber gesunken auf einen Tisch, der schlief, während monströse Fledermäuse und andere Nachtwesen über seinem Kopf flatterten. Hoffentlich würde das einzige Monster, das ihr Schlaf heute gebäre, im schlimmsten Fall eine yogabesessene Madonna sein. Mit diesem Gedanken kippte sie weg. Doch diese Nacht sollte alles andere als traumlos verlaufen.

Gegen vier Uhr früh, der Morgen kroch bereits durch die Fenster, schreckte Mimi hoch, sprang aus dem Bett und lief nach draußen. Alles ruhig, keine weiß gekleideten Frauen, keine Fledermäuse, die pure Idylle eines heranbrechenden Tages.

Und auch Anton saß nicht auf einem Hochstand auf einem der Bäume gegenüber und beobachtete sie mit einem Fernglas. Das war nämlich das Herzstück ihres Alptraums gewesen. Dass Anton, der sich erstaunlicherweise in ihrem Traum schon über Tage nicht gemeldet hatte, längst einen Hochstand bezogen hatte, um Mimi Tag und Nacht zu beobachten. Als sie ihn entdeckte, erklärte er ihr, väterlich lächelnd, es wäre doch nur zu ihrem Besten und im Übrigen verantwortungslos, Mimi unbeaufsichtigt ganz sich selbst zu überlassen. Sie kletterte auf den Hochstand und sah da mehrere blaue A4-Hefte liegen, in denen Anton penible Listen über ihr Verhalten, ihre Ess- und Schlafgewohnheiten sowie die Namen der Menschen, die auf Mimis Veranda zu einem Schwätzchen stehen geblieben waren, geführt hatte – inklusive genauer Zeitangaben.

»Bist du krank?«, hatte sie gebrüllt und diese Stalker-Protokolle in tausend Stücke zerfetzt.

»Nein, Mimilotta«, hatte er in dieser penetrant ruhigen Ich-habe-alles-unter-Kontrolle-Stimme geantwortet, »du bist krank. Ich werde dich wieder gesund kriegen, aber dafür darfst du dich keinen Zentimeter von mir wegbewegen.«

Sie wollte fliehen, hatte aber vergessen, dass sie sich ja auf einem Hochstand befand, und krachte, nachdem ihre Füße ins Leere getreten waren, mit vollem Karacho auf den Boden. Mimi spürte, dass ihre Wirbelsäule sich zu einem weichen Brei auflöste. Sie konnte sich nicht mehr bewegen. Aber da war Anton schon wieder neben ihr: »Siehst du, das kommt davon, wenn mein kleines Mädchen so böse ist. Jetzt kannst du aber wenigstens deinem Anton nicht mehr davonlaufen, jetzt wird alles gut.«

Während er wegging, um eine Bahre zu suchen, sah Mimi, dass sich die Frau mit den flachsblonden Locken über sie beugte.

»Na, was haben wir denn da«, raunte sie.

Erst jetzt erkannte Mimi, dass die geheimnisvolle Frau Saskia Hellmann war.

Sie grinste wie ein Stephen-King-Clown und flüsterte: »Siehst du, so lösen sich manche Probleme ganz von selbst. Wie schön! Fast wie aus einem deiner abgeschmackten Drehbücher!«

Mimi empfand den Traum so gespenstisch real, dass sie nicht mehr einschlafen konnte – so sehr sie sich auch bemühte. Zur Beruhigung nahm sie sich Tschechow zur Brust und las die Kurzgeschichte »Die Dame mit dem Hündchen«. Die Geschichte handelte von einer anfänglich belanglosen Affäre zwischen zwei verheirateten Menschen, die während eines Kuraufenthalts am Meer in Jalta ihren Anfang nahm, und die von beiden eigentlich als Intermezzo zur Bekämpfung der Langeweile angedacht war.

Er, Gurow, hatte die Angelegenheit um noch einiges nonchalanter genommen als sie, Anna. Natürlich waren die Frauen, wie auch sonst quer durch die Literaturgeschichte, immer dem Objekt ihrer Begierde emotional verfallener als umgekehrt. Sie waren weit liebesfähiger, aber eben auch leidensfähiger als die Herrenabteilung. Doch in diesem poetischen Fall erwies sich auch der Mann als nicht so geschmeidig, wie er es sich eigentlich gewünscht hätte, und besaß kein Talent für die Flüchtigkeit dieser Affäre. In dieser Talentlosigkeit klebte er nun fest. Auf große Gefühle war er überhaupt nicht vorbereitet gewesen – und schon gar nicht solche, die sich erst nach dem Abschiedskuss eingestellt hatten. Umso überraschter und wehrloser zeigte er sich, als sie über ihn drüberrauschten.

Wie beruhigend, fand Mimi, und mit der Lektüre verwischten sich auch langsam die Spurenelemente der Beklemmung, die der Traum in ihr hinterlassen hatte. Sie war auf der sicheren Seite. Königin in ihrem Achtzehn-Quadratmeter-Palazzo. Niemand wollte sie zu irgendwelchen Terminen verdonnern. Die Winzerprinzessin Christine dämmerte in Agonie – zumindest für die nächsten zwei Wochen. Und Anton – wie unrecht hatte sie ihm in ihrem Traum getan – hatte auch kapiert, dass sie eine Schwebezone brauchte, in der er nichts verloren hatte.

Moment! Hatte er das auch wirklich? Oder war das nichts anderes als ihr Optimismus der Verzweiflung? Schließlich hatte sie mit einem abgeschalteten Handy seit gut fünfzehn Stunden eine Form von zwischengeschlechtlicher Vogel-Strauß-Politik betrieben, die das obere Ende einer Palme zwischenzeitlich zu seinem Hauptwohnsitz gemacht haben könnte. Nur, erschreckend und schön zugleich: Es war ihr in diesem Moment so egal wie die Quoten der vergangenen Saison. Was für ein Luxus! Aber: Wie lange noch? Wahrscheinlich bis zu dem Moment, wo sie ihren Weltverbindungs-Knochen wieder aufdrehte.

Um nicht zu viel darüber nachdenken zu müssen, flüchtete sie sich wieder in den Tschechow. Sie blieb an folgender Stelle hängen: »Und es schien, als könne es nicht mehr lang dauern, bis die Lösung gefunden sein und ein neues, schönes Leben beginnen würde. Und beide begriffen sehr gut, dass es bis zum Ende noch sehr, sehr weit war und die größten Schwierigkeiten und Komplikationen noch vor ihnen lagen.«

Also was jetzt, Herr Tschechow? Die Stelle war doch der blanke Widerspruch. Das Leuchtfeuer der Hoffnung wird da sofort verstellt mit den düstersten Prognosen. Schwierigkeiten, Komplikationen … Das roch nach diesem schrecklichen Wort »Beziehungsarbeit«, das ihr Anton doch auch so sehr liebte. Das kam bei ihm gleich nach dem Adjektiv »vernünftig«.

»Komm, Martina, sei doch vernünftig!« Wenn Achtung angesagt war, nannte er sie bei ihrem richtigen Vornamen.

Wie viele Hunderte Male hatte sie diesen Satz von ihm gehört. Liebe war ja kein Buchhaltungsprogramm – da hatten Begriffe wie Vernunft und Planwirtschaft so gar nichts verloren.

Vielleicht gab es hier ja auch einen Herrn mit einem Hündchen, schließlich war Vöslau ja auch ein Kurort.

Und jetzt schon die schlechte Nachricht: In dem Bad herrschte strenges Hundeverbot. Aber ein kleiner Flirt, nur um des Spiels willen, wäre eine absolute Bereicherung des Speiseplans.

»Machst halt einmal einen Blödsinn«, hatte ihr ihre Freundin Esther immer wieder geraten, wenn sie sich bei ihr über den Leidenschafts-Stillstand in ihrer Ehe beklagt hatte, »das tut doch keinem weh. Und dann krabbelst brav wieder nach Haus und machst freundliche Nasenlöcher.«

Esther hatte leicht reden, sie liebte ihren Mann, ohne Punkteabzüge. Sie konnte ihren Blödsinn einfach zu Hause machen.

Könnten einem die Föhren nur Geschichten erzählen! Kur- und Sommerfrische-Orte waren ja seit jeher ein Umschlagplatz für »Herzensschlampereien« en gros und en détail. Sie liebte den Schnitzler'schen Ausdruck »Herzensschlampereien« für Verhältnisse jenseits von Vernunft und Verstand.

Wie viele ungeliebte Ehefrauen waren hier mit weißen Schirmchen auf dem Rasen gesessen und hatten seufzend und Limonade nippend zugesehen, wie die galizischen und böhmischen Kindermädchen in ihren blauen Kattunkleidern mit ihren Kindern durch den Wald tollten und »Blinde Kuh« spielten, während ihre Gatten nach Dienstschluss in den Bordellen der Hauptstadt sich die nächste Liebeskrankheit einfingen oder in abgedunkelten Mietzimmern anderen ungeliebten Ehefrauen das kostbare Gefühl vermittelten, wieder begehrt zu werden. Anlass zu großen Dramen gaben diese Auswärtsspiele kaum. Meist waren es leichtfüßige Eskapaden, bei denen man keinen Schlussstrich zog, sondern die man einfach versickern ließ. Alles andere wäre zu viel verschwendete Energie.

Sie dachte an eine Stelle in Roths »Kapuzinergruft«, die ihr Lou einmal vorgelesen hatte. Es ging um die unernsten Frauenbeziehungen des jungen Trotta und seiner Kumpanen: Es waren »Frauen, die man ablegte, manchmal sogar herlieh wie Überzieher; Frauen, die man vergaß wie Regenschirme oder absichtlich liegenließ wie lästige Pakete, nach denen man sich nicht umsieht, aus Angst, sie könnten einem nachgetragen werden.«

Was für eine grausame Zeit!

»Danke Gott oder wer immer da oben Dienst hat, dass du in einer Epoche lebst, in der Ehe nicht lebenslängliche Arrangements mit unumstößlichen Umständen bedeutet. Für mich war das noch ein harter Kampf«, hatte Tante Lou gesagt und ihr die kornblumenblaue Gesamtausgabe von Joseph Roth auf den Tisch geknallt: »Lies' das! Nun gut, es kann ein Leben ohne Herrn Roth geben. Aber ich kann dir bereits jetzt eines verraten: Es macht wenig Sinn.«

Über ihre neunmonatige Ehe in den fünfziger Jahren hatte Lou nie viel gesprochen. Ihr Mann war ein wesentlich älterer Wissenschaftler gewesen, der mit Farbpatenten experimentiert und es damit zu einem überschaubaren Vermögen gebracht hatte.

Mimi hatte nie ein Foto von ihm gesehen, aber er musste von einer imposanten Stattlichkeit gewesen sein.

»Nun ja, unattraktiv war er nicht, mein Kurzzeit-Bruno. Aber er hätte ein Schoßhündchen gebraucht und keine Frau mit Bluttemperatur, wie ich es nun einmal war … Ich hätte mich einfach zu sehr verstellen müssen.«

Außerdem, und das war in Wahrheit das viel Unverzeihlichere, wollte er verbieten – man stelle sich vor –, dass Lou ihre Briefkastenrubrik »Madame Cœur« in der Wochenzeitschrift »Mein Samstag« weiterführte. Weil eine arbeitende Frau eben eine Bankrotterklärung für die Versorgungspotenz ihres Ehemanns darstellte. Die Kolumne, mit der Lou als hilfreicher Navigator ihrer Leser in der Liebe Sturmfluten und Wirrnissen agierte, betrieb sie bis in die späten siebziger Jahre.

Das Ende kam zwangsweise, denn da wurde das Blatt, das ohnehin schon jahrelang an schweren Finanzschwierigkeiten litt, endgültig eingestellt. Und Lous schreiberische Aktivitäten beschränkten sich auf das Verfassen von Geburtstagsbüchlein und Grabreden, für die sie sich per Zeitungsinserat anbot. Keine glamouröse Laufbahn. Aber ihre Kreativität packte Lou in die Gestaltung ihres Lebens. Wie die Dandys des neunzehnten Jahrhunderts.

Den Traum vom großen Roman begrub sie irgendwann endgültig. Die Schutzbehauptung dazu lautete: »Es gab Schnitzler, es gab Roth, es gab Tschechow – dem ist in Wahrheit nichts mehr entgegenzusetzen.«

Wenn sie sich recht erinnerte, hatte sie überhaupt nie Fotos von Lous früherem Leben gesehen. Weder vom Gatten Bruno Manker, noch von jenem geheimnisvollen Unbekannten, dessen Namen sie nie aussprechen wollte, der aber ihre große, erderschütternde Liebe gewesen sein musste.

Und wenn sie sich jetzt genau zurückerinnerte, besaß Lou auch sonst keine Fotoalben, die ihre Kindheit und Jugend dokumentierten. Sie hatte sie nie nach dem Grund dafür gefragt.

Mimi wusste nur, dass der Mann ein Franzose war und dass das Ende dieser »Amour fou« Lou in den sechziger Jahren über Monate aus der Bahn geworfen hatte. Ihr Großvater hatte ihr hinter vorgehaltener Hand erzählt, dass man seine Schwester damals sogar mehrere Wochen in die »Plem-Plem-Anstalt«, wie er das nannte, aufnehmen musste, weil sie nicht mehr essen wollte, ihr Bett nicht mehr verließ und »komplett aus den Schuhen gekippt war«, wie er das nannte. Lou selbst hatte ihr nie von dieser Haltestelle ihres Lebens erzählt. Wahrscheinlich war die Erfahrung so traumatisierend, dass sie aus purem Selbstschutz all ihre Erinnerungen völlig ausgeblendet hatte.

»Es ist nichts, wofür man sich wirklich genieren muss, es ist aber nichts, worauf man wirklich stolz sein könnte« – so fasste Lou, wenn sie im Pensionistenheim nach ihrer künstlerischen Karriere befragt wurde, ihr Berufsleben trocken zusammen. Als sie noch bei klarem Verstand war. Doch auch im Nebel der Demenz hatte sie noch ihre lichten Momente. Immer wieder hatte sie den Satz gemurmelt: »Sagt es allen Leuten rechtzeitig: Das Leben ist nichts als ein Friedhof verpasster Gelegenheiten.«

Hatte Mimi schon jetzt ihren Friedhof der verpassten Gelegenheiten angelegt? Mit vierunddreißig? Sie scheuchte den Gedanken weg, sie wollte nicht grübeln. Grübeln vergiftete die Seele.

In jedem Fall: Was den beruflichen Hang zum »Dienstmädchen-Schrott« betraf, war Mimi also wirklich erblich belastet. Da hatte ihr Lou bei Lichte betrachtet wenig vorzuwerfen. Wahrscheinlich gelang es Mimi aber auch genau deswegen so schlecht, ihre Enttäuschung zu verbergen, dass sie sich nach Lous Ansicht bei Plan-C-Productions weit unter ihren schreiberischen Möglichkeiten schlug.

Aus jetzt mit dem Grübeln, abtauchen! Während Mimi sich in ihrem Kopfkino noch einmal hundertzwanzig Jahre zurückversetzte und die zergehenden Schnitzler-Frauen, eingebettet in ihrem luxuriösen Unglück, beim Picknicken auf der Wiese sah, schlief sie wieder ein.

Der Vormittag prahlte mit gleißender Sonne. Als Mimi gegen zehn völlig gerädert erwachte, sah sie bei einem ersten Blick aus dem Fenster, dass das Sommerfrischler-Dorf bereits hochaktiv war. Wie am Tag zuvor wurde gewischt, gefegt und mit Ach-und-Weh-Geseufze gewienert. Ehemänner in meist unvorteilhaften kurzen Hosen, die ihre bleichen, mit blauen Adern durchzogenen Beine in ein schlechtes Licht rückten, kamen mit den Sonntagszeitungen und braunen Säckchen, aus denen frisches Gebäck lugte. Wie zivilisiert! Hier wurde auch sonntags frisch gebacken.

Mimi musste lächeln. Man konnte zwei Millionen Jahre Evolutionsgeschichte doch nicht so einfach vom Tisch fegen. Denn die Männer apportierten ihren Frauen die Zeitungen und die Salzstangerl mit jenem Ausdruck des Triumphs, den auch wahrscheinlich die Neandertaler in ihrem Gesicht getragen hatten, wenn sie abends eine Mammut-Hälfte nach Hause geschleppt hatten.

Jetzt musste sich Mimi die Augen reiben. Eine Halluzination oder doch ein echtes »Happy End«? Denn Günther hatte seine Nachdenkpause erfreulicherweise sehr kurz gehalten. Er saß wie gestern und als ob nichts gewesen wäre mit Susi am Frühstückstisch und fütterte sie mit kleinen Ananas-Stückchen. Susi erblickte Mimi jetzt und zwinkerte ihr zu. Als der schöne Achille pfeifend mit dem Schlauch vorbeispazierte, sah Susi ihren Günther sehr prüfend an. Würde er dem »Desperate Housewives«-Gärtner einen musternden Blick hinterherjagen? Günther, im Bewusstsein, unter paramilitärischer Beobachtung zu stehen, schmierte jetzt höchst konzentriert Grünkernaufstrich auf sein Vollkornbrot. Er wusste, dass er sich keine Nachlässigkeit mehr erlauben und ihm kein falscher Blick entgleiten durfte.

Kaffee, ein Königreich für eine Tasse Kaffee! Zwar hatte Mimi kontrolliert, ob es auch das nötige Zubehör zum Kaffeekochen in der kleinen Sommerküche gab, und einen dieser altmodischen Espresso-Kocher, die man auf den Herd stellen konnte, gefunden, doch sie hatte vergessen, Kaffee einzukaufen. Wie blond von ihr!

Sie wollte jetzt aber weder Susis Versöhnungsspiele stören, noch bei wildfremden Nachbarn eine Wiederbelebungstasse schnorren gehen. Die Möglichkeit, dadurch in eine längere Höflichkeits-Plauderei verwickelt zu werden, schreckte sie noch mehr als die Aussicht auf Kaffeelosigkeit.

Wo war eigentlich Königin Lillyfee? Sie konnte sich nicht vorstellen, dass die in ihrem gestrigen Zustand noch zu ihrem »Brummbärli«, wie sie ihren Ehemann mit fortschreitendem Promille-Gehalt genannt hatte, nach Baden gedüst war.

Mimi setzte sich ihre riesige schwarze Sonnenbrille auf und pirschte sich an deren Kabane so heran, dass sie nicht durch die Kolonie marschieren musste. Sie schlug einen großen Bogen durch den Wald. Es war alles still. Allerdings deuteten die vor der Tür achtlos hingepfefferten Prada-Mules in Blau-Weiß (passend zum Coco-Outfit von gestern) auf Lillys Anwesenheit. Die Tür war offen; Mimi klopfte. Es kam keine Antwort. Nur ein leises Rasselgeräusch drang nach draußen.

Nachdem Lilly selbst – so viel konnte man trotz der so kurzen Bekanntschaft feststellen – mit der Intimsphäre anderer Leute einen äußerst großzügigen Umgang pflegte, besaß auch Mimi keine Hemmungen, einzutreten. Das Zimmer ähnelte einer begehbaren Garderobe, überall an den Wänden hingen Kleidersäcke, auf einem Regal verteilt standen adrett drapiert an die vierzig Paar Sommerschuhe in allen nur erdenklichen Schattierungen. Von Wasserblau bis Erdbeerrot blieb hier kaum ein Farbton unbesetzt. Nachdem Lilly ihren Lebensraum zu einer Diven-Garderobe umgewandelt hatte, war ihre Schlaf- und Wohngelegenheit eine Etage höher angelegt. Über eine Holzleiter gelangte man auf ein Zwischendeck, wo Lilly einbandagiert wie eine Mumie lag.

Es war ein gespenstischer Anblick. Der braune Pagenkopf von gestern Abend baumelte auf einem weißen Styroporkopf, der neben ihrem Bett stand. Auf einem kleinen Beistelltischchen stand eine Armada von Pillenschachteln und Fläschchen, darunter auch schwere Schlaftabletten. Neben einem Kübel mit Wasser lag eine aufgerissene Packung von »entwässerndem und entschlackendem« Algenkonzentrat, in das Lilly ihre Bandagen eingetaucht haben dürfte. Was für ein Schlachtfeld der Anstrengung, für ein Krieg, der mit diesen Waffen ohnehin nicht zu gewinnen war.

Für Lilly war das Alter ganz offensichtlich kein »Balkon, von dem man zugleich weiter und genauer sieht«, sondern ein Kerker. Von wem war dieser Kalenderspruch nur? Schopenhauer, Ebner-Eschenbach? Keine Ahnung mehr. Schlief sie deswegen hier, um ihrem Brummbärli beim Aufwachen diesen ernüchternden Anblick zu ersparen? Mimi schämte sich ein wenig dafür, aber sie musste leise kichern. Irgendwie sah Lilly aus wie ein abgeräumter Christbaum. Eben noch war sie in voller Pracht dagestanden und hatte den Eindruck von mühelosem Glanz vorgetäuscht, und jetzt lag sie da – wie reif für die Deponie.

Nichts lässt einen doch so alt aussehen, wie die verzweifelte Anstrengung, jünger zu wirken. Zu viel Ehrgeiz, zu viel Verbissenheit – und schon gleitet man auf die Verliererstraße. So war es bei den Männern, im Job und eben auch auf der Baustelle Ich.

Diese Regel war insofern von allumfassender Gerechtigkeit und fantastisch demokratisch, weil sie sich durch alle Altersklassen und alle Schichten zog.

Lilly ließ jetzt ein monumentales Schnarchgeräusch vom Stapel. Mimi kletterte wieder die Holzleiter hinunter; sie brachte es nicht über das Herz, sie zu wecken. Wenn es hier Kaffee gab, dann würde sie ihn auch so finden. Und tatsächlich – im Kühlschrank fand sie eine Dose »illy« – neben einer Batterie von Slim-und-Fit-Getränken, einer verschrumpelten Ingwerknolle und einem Ballett von Nagellack-Fläschchen aus hochkarätigen Designerhäusern.

Als sie sich mit ihrer Beute auf Zehenspitzen davonstehlen wollte, hörte sie aus der Ferne eine tiefe Stimme, die ihr nur allzu bekannt vorkam. Und tatsächlich – drei Plätze weiter stand Anton in einem Outfit, das Freizeitlaune signalisierte, und ließ sich von dem Putz-Teufelchen erklären, welches Häuschen Mimi bezogen hatte.

Auch er hatte für den heutigen Sonnensonntag karierte Bermudas gewählt, allerdings konnte er seine sonnengebräunten und trainierten Beine ohne Probleme der Öffentlichkeit zumuten. Blaue Seglerschuhe und ein grasgrünes Fred-Perry-Polo komplementierten die Freizeitlaunen-Kostümierung, deren Geschmackssicherheit nur durch ein tomatenrotes L.A.-Lakers-Schirmmützchen getrübt war. Diese Art von Kopfbedeckung trug Anton gerne, um seinen kleinen Kahlkreis auf dem Hinterkopf zu verstecken. Auch er hielt ein Säckchen mit Gebäck und den knusperfrischen Sonntagszeitungen in der Hand. Und – das war kein gutes Zeichen – neben sich hatte er eine kleine Sporttasche auf dem Boden stehen, die er jetzt wieder hochhob.

Mimi fiel der Song der deutschen Band »Wir sind Helden« ein, in dem Judith Holofernes den Refrain »Wir sind gekommen, um zu bleiben« mit bedrohender Eindringlichkeit sang. Das Gefühl der Bedrohung rief auch Antons Anblick jetzt in ihr hervor. Nur: Wie reagieren? Sollte sie wie in einem schlechten französischen Salonstück wieder zur schnarchenden Lilly fliehen und dort abwarten, bis Anton sich wieder von der Wiese gemacht hatte?

Nein, definitiv nicht. Sie würde sich von ihm nicht ins unwürdige Rollenfach des trotzigen Kinds drängen lassen. Sie atmete tief durch und ging hocherhobenen Haupts zu ihrem Haus, wo sich Anton bereits mit großspuriger Selbstverständlichkeit auf dem weißen Korbsessel niedergelassen hatte. Er sah sie erwartungsfroh an – so, als ob er jederzeit mit einem Freuden-Luftsprung rechnen würde.

Mimi war angesichts seiner Unverfrorenheit so geladen, dass sie sich nicht zu der Höflichkeit einer Begrüßung aufraffen konnte. Sie schnauzte nur: »Was machst du hier?«

Schon wieder der Welpenblick: »Du hebst ja nicht ab.

Ich habe mir Sorgen gemacht. Ich will doch, dass es dir gut geht.«

»Aber nur dann, wenn du dabei auch eine Rolle spielst. Oder? Der Gedanke, dass es mir ohne dich gut gehen könnte, ist dann doch wieder so super nicht …« Ihre Stimme zitterte vor Wut.

In der Ferne sah sie Achille mit einem Gartenschlauch die Blumenbeete am Rand der Wiese bewässern. Am liebsten hätte sie ihm jetzt das Ding aus der Hand gerissen und damit auf Anton gezielt.

Die Decke der Zivilisation ist manchmal wirklich äußerst dünn. Und am rissigsten wird sie, wenn man auf dem schmalen Grat zwischen Liebe und Hass balanciert.

Anton stand jetzt auf; er hob die Arme wie ein TV-Seriengangster, der den FBI-Beamten signalisieren will, dass er unbewaffnet ist. Er ging auf sie zu: »Mimi, was soll denn diese saublöde Drama-Veranstaltung. Das ist doch deiner nicht würdig …«

Sie deutete ihm, stehen zu bleiben: »Lass' das bitte! Und hör' auf, mich ständig wie ein Depperl zu behandeln. Du, der großartige, alles kontrollierende Onkel, und ich in der Rolle des kleinen Depperl. So läuft das nicht mehr!«

Anton kapierte jetzt, dass er wenig ausrichten konnte und sich auf der Verliererstraße befand. Also ließ er den Experten raushängen: »Deine Aggressivität ist ein klares Merkmal einer Erschöpfungsdepression. Du bist ausgebrannt von einer Arbeit, die dich nicht wirklich glücklich macht. Sonst wärst du auch nicht so zynisch …«

»Wie immer du es nennen möchtest, ist mir wurscht. Ich habe eine meiner wichtigsten Bezugspersonen verloren und das Recht, zu trauern …«

»Ah«, sagte Anton jetzt regelrecht triumphierend,

»eine deiner wichtigsten Bezugspersonen also? So wichtig dürfte sie dir nicht gewesen sein. Sonst hättest du sie nämlich öfter besucht. Wie lange warst du eigentlich nicht mehr dort? Ha? Fünf Wochen, oder waren es vielleicht sogar sieben? Auf alle Fälle eine verdammt lange Zeit. Aber offensichtlich ist dieser schlampige Umgang mit deinen wichtigsten Bezugspersonen Methode in deinem Leben. Sonst würdest du deinen Ehemann nicht wie einen dahergelaufenen Penner behandeln.«

»Penner? Warum so piefkinesisch. Sandler, wenn schon. Und das ist hinterfotzig, was du da sagst. Alles, worum ich dich gebeten habe ...«

»... ist, dass ich dir aus der Sonne gehe? Martina, wo soll diese Reise hingehen? Wenn du so weitermachst, kannst du unsere Ehe auf dem Schrottplatz besuchen ...«

»Dort gehört sie ja vielleicht auch hin.« Mimi hatte sich nicht sonderlich bemüht, diesen Gedanken leise auszusprechen. Anton drehte sich jetzt wortlos um. Im Gehen bemerkte er, dass seine Mitbringsel verlorene Liebesmühe gewesen waren. Er ging zurück, packte Zeitungen und Gebäck wieder ein, um dann endgültig grußlos von dannen zu ziehen.

Mimi konnte es kaum glauben. »Wie unglaublich kleinlich«, dachte sie sich und schüttelte sich angeekelt.

Kaum etwas stieß sie mehr ab als diese kleinbürgerliche Enge. War diese Ehe noch zu retten? Oder die noch viel prekärere Frage: Sollte man diese Ehe überhaupt noch retten?

Mimi beschloss, diese Baustelle jetzt einmal auszublenden. Sie zog sich ihren schwarzen Neckholder-Badeanzug an, klemmte ein Handtuch unter den Arm und spazierte nach unten zum Wasser.

Von Ruhe und Idylle konnte da unten keine Rede

mehr sein; es herrschte Hochbetrieb. Auf der Liegewiese lagen mit Abständen von oft nur einer Handbreite Pärchen, tratschende Frauen in Bikinis mit hohen Hosen und dunkelbraun gebrannte Lebemänner, die sich in Motorrad- und Autozeitschriften vertieften.

Alle wollten vom Sommer, der die letzten zwei Wochen gezickt hatte wie eine Stummfilmdiva, die die Entwicklung zum Tonfilm nicht wahrhaben wollte, aus vollen Zügen trinken. Die Bienenbau-Geschäftigkeit tat Mimi gut. Sie vermittelte ihr das Gefühl von Normalität und Alltag. Diese Art von Sicherheit konnte sie jetzt mehr als gut gebrauchen. Die Begegnung der dritten Art mit Anton hatte etwas wirklich Bedrohliches gehabt. Natürlich hatte sie sich ihm gegenüber benommen wie eine Eiskönigin. Aber mit matschiger Konzessionsbereitschaft kam sie bei Anton nicht weiter. Nur so nahm er die Grenzen, die sie ihm setzte, auch wahr. Es war eigentlich das erste Mal gewesen, dass er sie ernst zu nehmen schien. Und gezwungen war, ihr auf Augenhöhe zu begegnen und von seinem gönnerhaften Podest herabzusteigen.

Mit ihren zahlreichen Saxophonspielern war Mimi niemals auch nur in Wurfweite einer solchen Problematik gekommen. In diesen Beziehungs-Etüden hatten sich die Konflikte in einem überschaubaren Drei-Phasen-Programm befunden. Zuerst gab es die hirnzerschmelzende Verliebtheit und Leidenschaft, wo nicht weiter gedacht wurde als bis zum nächsten Boxenstopp, dann setzte die Gewohnheit einen Fuß in die Tür und der schale Beigeschmack der Routine machte sich breit. Und schon glitt man in Phase drei, die sich entweder in einem lauten Trennungsdrama oder leisem Beziehungs-Versickern manifestierte. Und das leise Versickern war oft weit schmerzhafter als die lärmende Zerstörung aller Illusionen. Strukturierte Normalität hatte sie mit den Saxophonspielern nie erfahren. Aber ansonsten hatte man mit ihnen wenigstens gelebt.

In diesem Moment beschloss sie, für die nächste Zeit das Thermalbad nicht zu verlassen. Und zwar ohne Anton auch nur irgendetwas zu erklären. Egoistisch, ja natürlich. Und gerne auch noch. Bis sie wieder beginnen musste, ihren Dienstmädchen-Schrott zu dichten, blieben ihr noch gute zehn Tage Zeit.

Sie parkte ihr Handtuch am ebenfalls dicht besetzten Beckenrand und lief die Holzstiege hinunter, um sich sofort in das grüne Wasser zu stürzen.

Man konnte kaum drei Tempi am Stück machen, so viele Menschen tummelten sich im Becken. Früher hatte hier per Badeordnung festgesetzte Geschlechtertrennung geherrscht. Vor einem Jahrhundert hatten Frauen und Kinder, davon Knaben nur bis zum neunten Lebensjahr, den »Oberen Schwimmteich« von neun Uhr morgens bis zwei Uhr nachmittags für sich. Dann übernahmen die Herren, die gegen vier missgelaunt und müde aus ihren Comptoirs und Amtsstuben mit ihren Automobilen oder der Bahn zu ihren sommerfrischelnden Familien strömten, die Territoriumshoheit.

Sie schwamm zur Quelle. Irgendwie schien ihr die Gefahr, in sentimentale Reminiszenzen zu verfallen, die für sie mit dem Platz verbunden waren, gebannt.

Sie formte ihre Hände zu einer Schale und trank – drei Mal. Während sie ihren Kopf mit Wasser übergoss, sah sie einen späten Vormittag vor hundert Jahren in ihrem inneren Kino. Wenige progressive Mamsellen mit anrüchig kurzen Frisuren und Badekostümen mit

Dreiviertelhosen hatten da Sportsgeist bewiesen und durchpflügten schwimmend das Becken, während das Gros der Damen in Pluderhosen und Miederteilen schwätzend im Wasser stand und ihren Kindern mit Argus-Augen beim Plantschen zusah. Die meisten von ihnen waren Nichtschwimmerinnen und auch sonst nicht sehr mutig. Was mochten sie wohl beredet haben? Wahrscheinlich wenig Überraschendes: die Faulheit der böhmischen Dienstboten, ein skandalöser Auftritt einer nicht mehr stimmgewaltigen Soubrette in der Badener Arena, die Organisation eines Charity-Basars zugunsten des örtlichen Waisenhauses, die neuesten Tinkturen zum Schutz gegen vulgäre Sonnenbräune, das Pleite-Drama eines bekannten Unternehmers, der durch übermütige Investitionen in südamerikanische Kautschuk-Plantagen sein Haus inzwischen dreifach belastet hatte, und die damit verbundenen Hysterieausbrüche seiner Frau, die man jetzt wohl nicht mehr so oft sehen würde.

Als sie die Augen wieder öffnete, hatte sich der Himmel wieder ein wenig verdüstert. Nicht unangenehm. Mimi bahnte sich ihren Weg vorsichtig schwimmend durch das Menschengetümmel und ging an Land. Ihr Handtuch war verschwunden. Das konnte nicht wahr sein! Ein krimineller Aufwand, der die geringe Beute definitiv nicht rechtfertigte.

Sie sah sich kurz um, ob sie sich vielleicht doch geirrt und das Badetuch an einem anderen Ort platziert hatte. Fehlanzeige!

Gerade, als sie sich frustriert entschlossen hatte, klatschnass nach oben zu laufen, tippte ihr jemand auf die Schulter.

»Gnädigste, haben Sie vielleicht was verloren?«

Sie drehte sich um und vor ihr stand der »Badewaschl« – und zwar ein Repräsentant seines Berufsstands mit Katalogqualitäten. Müsste sie ihn in einem ihrer Drehbücher beschreiben, würde sie möglicherweise folgende Formulierung wählen: »Ein Mann, der wie ein italienisches Getränk aussah – wohlschmeckend, aber doch etwas zu süß geraten –, näherte sich unserer Heldin.«

Vor ihr stand ein etwa dreißigjähriger Bulle mit schwarzen, gelgetränkten Locken, die er verwegen nach hinten geklatscht hatte. Sein Körper zeugte von vielen einsamen Stunden, in denen er in einem kleinen, schlecht gelüfteten Fitnesscenter an viel schwerem Metall geschunden wurde. Geschmackliche Diskussionswürdigkeiten wie Adiletten, in denen seine kräftigen Füße steckten, und ein T-Shirt, auf dem das Porträt von Enrique Iglesias und die Titelzeile seines Hits »Let me be your hero« prangten, konnten diese proletarische Pracht nicht wirklich trüben.

Er hielt ihr das rote, vor Nässe schwere Badetuch entgegen: »Ich hab' mir erlaubt, das an mich zu nehmen. Es ist zwar jetzt a nass, aber sonst wär's noch nässer g'worden. Die Leut' scheren sich ja gar nichts. Alles Hottentotten! Aber warten S'!«

Er zog mit seinem Fund wieder ab, um nach kurzer Zeit mit einem leuchtend roten Bademantel, auf dessen Rückseite der Schriftzug der Boxermarke »Everlast« gedruckt war, zurückzukehren. Er hing ihn Mimi sogar über.

Nicht, dass einem die Fürsorglichkeit dieses Proll-Bullen nicht geschmeichelt hätte, aber irgendwie grenzte sie doch hart an Aufdringlichkeit. Und diesbezüglich war Mimi Anton-bedingt überempfindlich.

Sie nahm den Mantel wieder ab und reichte ihn ihrem Bekümmerer: »Vielen Dank, aber ich bin ja nicht aus Zucker!«

»Des sieht ma gar net … hähähä!« Der Mucki-Beau war von seinem schlechten Scherzchen äußerst begeistert. Er reichte ihr die Hand: »Ich bin übrigens der Fred, staatlich geprüfter Schwimmlehrer und Badeaufseher.«

Das war offensichtlich die offizielle Berufsbezeichnung für einen »Badewaschl«. Mimi nahm seine entgegengestreckte Hand: »Stein, Mimi Stein …«

»Aha, jetzt weiß ich alles. Sie san die Neiche …«

»So neu auch wieder nicht … ich habe als Kind hier praktisch gewohnt …«

Aus nicht erklärlichen Gründen war es Mimi jetzt wichtig, Super-Fred klarzumachen, dass sie keine gewöhnliche Zugereiste war, sondern es sich bei ihr um quasi uralten Vöslauer-Bad-Adel handelte. Völlig vertrottelt. Schon als Kind hatte sie schmunzeln müssen, wenn sich die braungerösteten Kabanesen-Veteraninnen in einen Wettbewerb begeben hatten, wer von ihnen die Trophäe der längsten Anwesenheit abräumen könnte.

Und jetzt war sie selbst in diese Spleen-Falle getappt.

»Sie sind aber sehr gut informiert, Fred.«

Sie sprach seinen Vornamen mit einer gewissen Arroganz aus, die ihm klarmachen sollte, dass es zwischen ihnen ein hierarchisches Gefälle zu beachten galt.

Er besaß ausreichend seelisches Teflon, um diese kleine Süffisanz zu ignorieren. »Entschuldigen S' bitte … bei uns verbreiten sich die News schneller als bei CNN. Da ist die Lichtgeschwindigkeit die Schneckenpost dagegen …« Er war wieder sehr begeistert von seinem Scherzchen, denn jetzt schickte er eine scheppernde Lachsalve hinterher.

»Na, wenn S' schon so fantastisch informiert sind: Haben S' die Lilly Lippburger irgendwo g'sehen?«

Jetzt verfinsterte sich sein ansonsten so sonnig-schlichtes Gesicht: »Hearn S' mir auf mit dera Wahnsinnigen …«

»Wieso Wahnsinnigen? Zu mir war sie eigentlich ausgesprochen nett.«

»Sie san ja a ka Mannsbüld.«

Jetzt regte sich in Mimi Neugier. Auch sie war vor der Lust auf anderer Leute Dramen nicht ganz gefeit: »Was stellt sie denn mit den Mannsbildern so an, die Lilly Lippburger?«

»Sie versteht das Wort Nein einfach nicht.«

»Weil?«

Jetzt winkte Super-Fred sie an sich heran: »Soll i Ihnen mein Handy zeigen? Dort gibt's an Ordner, der heißt ›Freak‹ … Und in dem Ordner sin' hundertsiebenundachtzig Nachrichten von dera wahnsinnigen Lippburger!«

»Vielleicht ein technisches Gebrechen? Ist mir auch schon passiert, dass ich SMS zigfach bekommen hab'.«

»Nana … da handelt es sich eindeutig um ein psychisches Gebrechen …« Er tippte sich vielsagend auf die Stirn.

»Na, Fred, jetzt sein S' nicht so hart mit den Frauen!«

»Ich bin prinzipiell a echtes Bussibärli, und vor allem mit Frauen. Aber die ist so richtig aggressiv g'worden. Mich schreckt ja sonst nicht viel, aber von der hab' ich a echte Angst kriegt …«

Mimi fröstelte. Sie beendete das Gespräch mit einem Satz von der Monroe: »Männer und Frauen … und dazwischen oft nichts als eine unendliche Reihe von Anschlussfehlern.«

Super-Fred wusste noch nicht so recht, was er mit dieser Ansage anfangen sollte, und sah sie jetzt etwas kuhäugig an.

Sie hatte Erbarmen: »Ist leider nicht von mir, sondern von der Monroe.«

»Na ja«, nuschelte er und kratzte sich die brettharten Gellocken, »Monroe hat's eben nur eine gegeben. Lippburgers gibt's wie Kiesel im Quellbecken.«

Als Mimi sich vertrollte, hörte sie noch einmal eine scheppernde Lachsalve. Super-Fred schien von seinen Scherzchen prinzipiell sehr begeistert zu sein.

Sie hörte ihn ihr nachrufen: »Ich bin zwar ein eher schwacher Leser, aber vielleicht gehen wir einmal was trinken, Frau Schriftstellerin! Und zwar kein Quellwasser, sondern was Richtiges!«

Mimi drehte sich trotz des verlockenden Angebots dann doch nicht mehr um und hob nur ihre Hand zu einer schwachen Geste, die das Gegenteil von Begeisterung für diese Offerte signalisieren sollte.

Auf dem weißen Korbsessel vor Mimis Häuschen thronte bereits Lilly Lippburger wie eine Sphinx ohne Rätsel, die ihr Bewachungsterritorium erweitert hatte. Sie musste die letzten eineinhalb Stunden damit zugebracht haben, sich wieder zu einem aufgeputzten Christbaum zurückzuverwandeln. Man musste ihr zugestehen, dass sie in diesen Transformationsprozessen eine große Fertigkeit besaß. Das Make-up saß und übertünchte die Spuren eines möglicherweise gar nicht so perfekten Lebens und die damit verbundenen Anstrengungen, ein solches vorzutäuschen. In welcher Tonart ihre Gefühlsklaviatur heute gestimmt schien, war nicht wirklich auszumachen. Mehrfache Botox-

Angriffe hatten ihren Gesichtsausdruck richtiggehend versteinert.

Der falsche Pagenkopf schien wie frisch gewaschen und geföhnt und war mit einem froschgrünen Haarband verziert. Passend zu dem Haarband trug sie edle, flache Riemchensandalen im gleichen Farbton, die mit falschen, bunten Edelsteinen besetzt waren. Als Herzstück ihres Outfits hatte sie einen Fiebertraum von einem bunt gemusterten Seidenkaftan aus dem Hause Emilio Pucci zu blütenweißen, schmalen Leinenhosen gewählt.

»Schickes Outfit!«, sagte Mimi, »ich muss mich nur schnell umziehen.«

Während sie ins Haus ging, um den nassen Badeanzug gegen Trainingshose und Sweatshirt auszutauschen, rief Lilly von draußen: »Kind, wo warst du denn die ganze Zeit. Ich sterbe nämlich hier vor Langeweile ...«

»Schwimmen. Ich musste vor meinem Ehemann flüchten, der mich zwangsbeglücken wollte.« Sie holte einen Stuhl und stellte ihn neben ihren Besuch.

Lilly schüttelte den Kopf: »Sie sind wie Kleinkinder, diese Ehemänner. Keinen Schritt können oder besser wollen sie ohne einen tun ... Na ja, wir sind ja auch so praktisch. Immer da, keine großen Ansprüche ...« Hier schwang deutliche Verbitterung mit.

»Bis auf ein paar flotte Extravaganzen von Emilio und der lieben Coco«, schmunzelte Mimi.

Lilly musterte jetzt mit einem missbilligenden Blick Mimis Mauerblümchen-Ensemble: »Na ja, wenn ich so herumlaufen würd' ... das geht in meinem Alter eben nicht mehr. Die Ablenkungsmanöver vor dem eigenen Verfall sind nun einmal nicht billig ...«

»Verfall? Ach, hören Sie mir doch auf! Wir haben alle

zwanzig, dreißig Jahre Leben dazu geschenkt bekommen … Vor hundertfünfzig Jahren waren Frauen in meiner Phase bereits welkende Blüten, die sich ihre Augen abends bei Stickarbeiten und schlechten Romanen verdarben und sich ins Alter geseufzt haben. Nicht einmal ein Liebhaber war denen vergönnt, weil sie sonst von ihren Ehemännern aus dem Haus und in die Armut gejagt worden wären. Auswärtsspiele waren nur in der Herrenabteilung erlaubt. Was glauben Sie, was da in den prachtvollen Herrschaftsvillen auf den Ottomanen still in die Taschentücher geschluchzt wurde. Und heute können Sie mit Ihren guten Was-weiß-ich-Jahren noch ein so flottes Leben führen. Ohne Existenzängste, ohne wirkliche Sorgen … Freiheit ist das neue Botox. Noch dazu haben Sie einen Mann und einen Liebhaber …«

»Den Rest der Zeit könnte ich eigentlich auch vernünftig nützen?« Lilly schürzte ihren Dagobert-Duck-Mund zu einem Natternlächeln und sagte dann plötzlich mit kühler Distanziertheit: »Wo haben Sie denn diese Kalendersprüche einstudiert. In so einem Selbsterfahrungsseminar … sowas wie ›Liebe das Leben, bevor es dich nicht liebt‹?«

Mimi negierte die Spitze, sie hatte keinen emotionalen Cent auf ihrem Nervenkonto für Grundsatzgespräche und schwenkte auf harmlos: »Wo ist er denn eigentlich, Ihr Brummbärli, an diesem Prachtsonntag?«

»Gott hat mir geschenkt, dass er ein Hobby hat. Er verschießt kleine, weiße Bällchen über einem riesigen grünen Rasen und Wasserlöchern … und ärgert sich dabei krumm und blau. Ich glaube, man nennt diese Masochisten-Sportart Golf …«

Jetzt fiel Mimi ein, dass sie ja an diesem Morgen dreist Lillys Kaffeevorräte geplündert hatte. Sie sprang auf und holte die Dose: »Ich muss mich sehr entschuldigen … ich wollte Sie heute Morgen nicht wecken, aber ohne Kaffee läuft bei mir nun einmal nichts.«

Trotz Botox-Starre konnte Mimi jetzt erkennen, dass Lilly fürchtete, ertappt worden zu sein. Man konnte es sehr deutlich an ihren Augen ablesen.

»Sie hätten mich ruhig wecken können.«

Jetzt wollte Lilly prüfen, ob ihre neue Freundin sie im Zustand der totalen Abgeräumtheit und bandagiert gesehen hatte.

Mimi entschloss sich, ihre doch recht schockierende Begegnung mit der Lilly-Mumie besser für sich zu behalten: »Ich habe Sie da oben in dem Zwischendeck friedlich schlafen gehört. Ich habe außerdem Höhenangst, der Weg über die Leiter … danke nein … und schon gar nicht nach unseren Wodka-Exzessen.«

»Achja … und wir haben nicht umsonst getrunken. Unsere ›lovebirds‹ haben gerade vorhin die Vorhänge zugezogen. Zumindest vorläufig scheint sich Günther wieder auf nur ein Geschlecht beschränken zu wollen. Doch warten wir's ab. Apropos …« Sie musterte Mimis nachlässige Erscheinung noch einmal tadelnd: »In drei Tagen steigt das große Sommerfest, das Restaurant wurde nämlich neu gestaltet. Und wird mit Pipapo gelauncht … mit einem Promiauflauf der Sonderklasse. Ganz Wien wird da sein.«

»Das ist ja ein hervorragender Grund, um nicht da zu sein. Ich hasse dieses Promi-Weitwerfen bei diesen IIIIIvents …« Der so häufig strapazierte Begriff »Event«, der inzwischen in diesem Agenturjargon mit fünf »I« in Folge in der ersten Silbe ausgesprochen wurde, ging Mimi seit geraumer Zeit auf die Nerven. Sie setzte noch einen drauf: »Denn bei diesen IIIIIvents gibt's ja meistens doch nur leere Kilometer an Fingerfood und lauwarmen Prosecco.«

Lilly ignorierte diesen Einwand völlig; sie wollte sich nicht die prickelnde Vorweg-Aufgeregtheit zerstören lassen. Warnend hob sie ihren Zeigefinger: »Und Mimi, da werden wir uns mit Ihrem Look einiges überlegen müssen. Ich werde mich persönlich um Ihr Outfit kümmern. Wie heißt die, die sowas macht, bei euch im Showbiz?«

»G'wandmeisterin.«

»Genau.«

»Ich habe übrigens da unten Super-Fred kennengelernt.«

»Wen?«

»Diesen Zuchthengst von einem Badewaschl …«

»Ach, den …«

»Er hat Sie übrigens erwähnt.«

»Dich, dich erwähnt. Wir haben gestern Schwesternschaft getrunken.«

»Oiwee, kleiner Filmriss.«

»Kommt in den besten Familien vor. Servus, ich bin die Lilly. Eine Kanaille übrigens.«

»Wer? Das Leben?«

»Nein, der Badehengst.«

»Warum?«

»Ein aufdringlicher Vollidiot. Und dann gleich beleidigt. Und zwar so, dass die Tür nicht mehr zugeht …«

»Und warum beleidigt?«

»Hör' mal, bin ich die ›Millionenshow‹? Weil du so viele Fragen stellst. Na, weil ich auf seinen 0815-Schmäh nicht reingefallen bin. Und er von mir die Gelbe Karte gekriegt hat.«

Alles klar, dachte sich Mimi. Einer von den beiden lügt, dass sich die Balken biegen. Und ihre Intuitionsantennen flüsterten ihr, dass derjenige nicht Super-Fred hieß.

Sie tat Buße für ihren Koffein-Raub und kochte einen echten Wachmacher-Kaffee. Erst nach einer Stunde brachte sie Lilly an den Mann. Im wahrsten Sinn des Wortes. Der geheimnisvolle Liebhaber hatte sich endlich gemeldet. Ein Zimmer war angemietet worden in einer kleinen, schäbigen Pension in Bahnhofsnähe.

»Ach, wie herrlich«, seufzte sie, »ein heruntergekommenes Zimmer! Ich komme mir vor wie in einem französischen Problemfilm.«

Während Lilly in ihre Hütte verschwand, um sich »zu adjustieren«, musste Mimi an das Benimm-Brevier »Letzte Lockerung« des Dada-Dichters Walter Serner denken. Eine seiner unumstößlichen Regeln lautete: »Meide Stundenhotels, denn dort wirst du stets gesehen.«

Noch Stunden nachher konnte Mimi die Parfümwolke, die Lilly hinterlassen hatte, in ihrem Häuschen riechen. Es war ein schwerer, schwüler Duft, der jede Frische und Leichtigkeit vermissen ließ. Sie tippte auf »Opium« von Yves Saint Laurent oder »Angel« von Thierry Mugler. Sie mochte den Geruch nicht. In ihm schwang der modrige Duft der Vergänglichkeit mit.

4. Kapitel
—
WASSERFRAUEN

Es war neun Uhr abends, als Mimi aus ihrer eingeschobenen Siesta wieder erwachte. Sie war völlig benommen und erlag kurz der Täuschung, dass sie sich in ihrem Wiener Bett befand und Anton jeden Moment bei der Tür hereinspaziert kommen musste, um sie ungeduldig zu einer seiner zärtlichen Fünfgang-Mahlzeiten zu drängen.

Sie war richtig erleichtert, als sie kapierte, dass sie allein in ihrem Gespensterschloss war. Draußen war es still und schon stockfinster. Es hatte merklich abgekühlt, deswegen saß auch niemand auf den kleinen Terrassen.

Der Besuch von Lilly hatte sie dermaßen erschöpft, dass sie sich nach deren Abgang niederlegen musste. Und viel länger schlief, als sie sich eigentlich vorgenommen hatte.

Völlig egal. Nach Monaten des Deadline-Drucks und der Dauer-Gehetztheit war sie endlich einmal im Luxus, Zeit zu besitzen. Und über diesen so kostbaren Besitz nach Laune und ohne auf irgendjemanden Rücksicht nehmen zu müssen, verfügen zu können.

»Einsamkeit ist Belästigung durch sich selbst«, hatte ihr einmal der Autor Werner Schneyder, ein Freund ihrer Mutter, geflüstert. Ja, stimmt. Aber die herrlichste Form von Belästigung, die man sich nur vorstellen konnte. Vor allem nach Dauerstrom-Lilly.

Es war nicht so, dass sie Lilly nicht mochte. Sie fand sie originell und skurril, aber eben auch wahnsinnig anstrengend. Irgendwie zog sie einen energiemäßig runter. Im »Irrwege ins Glück«-Jargon würde sie wahrscheinlich schreiben: »Lilly vermittelte der Heldin trotz ihrer fast penetranten Fröhlichkeit unterschwellig den Eindruck, dass sie ein dunkles Geheimnis in ihrer Brust bewahrte.«

Sie ging nach hinten in die Küche, um eine Flasche Rotwein zu kappen und sich ein bisschen Käse mit Kapern zu holen. Erst jetzt sah sie, dass hinter einem Geschirr-Regal eine Art Tapetentür versteckt war, die sie nicht bemerkt hatte, weil der Knauf von der Stellage überdeckt war. Mimi rückte das laut quietschende Möbelstück weg und versuchte den Knauf umzudrehen. Keine Chance! Fieberhaft durchstöberte sie die Laden der Kommode nach einem geeigneten Werkzeug und fand schließlich einen Fleischklopfer, den noch Kaiser Franz Joseph erlebt haben dürfte.

Nach mehreren Schlägen bewegte sich der Knauf tatsächlich. Sie war richtig stolz auf ihre handwerklichen Fähigkeiten.

Beim Öffnen der Tür stieg eine Staubwolke auf. Zwei ehemals weiße Korbkisten standen dahinter, und ein brauner Koffer, auf den altmodische Aufkleber von nostalgisch-mondänen Urlaubsorten wie Capri, Triest, Venedig und Nizza angebracht waren. Noch mehr Staub kam ihr entgegen, als sie den Kofferdeckel nach oben klappte. Mimi musste husten. Was für eine Art von Schatz war das, den Lou ihr da hinterlassen hatte? Und warum hatte sie ihn so sorgfältig versteckt?

Tonnen von dicht beschriebenen Blättern, alte Zeitungsausschnitte aus der Jahrhundertwende, handgeschriebene Speisekarten aus den Vöslauer »Grand

Hotels«. Mit Seidenbändern verschnürte Briefe, die noch immer nach Lavendel und Sandelholz dufteten und mit Briefmarken frankiert waren, die Eisenbahnen, Berge oder einen missmutig blickenden Backenbart-Franz-Joseph zeigten. In den Augen des Kaisers standen der Trotz und die Engstirnigkeit, den unausweichlich herannahenden Untergang nicht wahrhaben zu wollen.

Tief unter den vergilbten Papierbergen und Briefbündeln fand Mimi ein blaues kartoniertes Buch, das die krakelige Aufschrift »Wäschebuch – Villa Damian« trug. Der Schriftzug zeugte von Ungeübtheit und musste von einem noch recht kindlichen Geschöpf stammen.

Jetzt erinnerte sich Mimi wieder, was ein Wäschebuch für eine Funktion hatte. Die Dienstmädchen mussten bei ihrer wöchentlichen Großwäsche jedes gewaschene Teil registrieren, um der »Gnädigen« einen Überblick über das Sortiment und einen Arbeitsnachweis, was Ausbesserungen und Wasch- sowie Plättdurchgänge betraf, zu erstellen. Und auch von der dazugehörigen Gnädigen gab es eine Spur: ein rotes Samttagebuch, dessen Deckeln mit grünen Efeuranken bestickt waren. Mit Bleistift war auf dem rechten Rand der Name der Besitzerin vermerkt: Miriam Damian. Der erste Eintrag stammte vom siebzehnten Mai 1910 und begann mit den Sätzen:

Ich lebe lieber in der Vergangenheit, denn die Gegenwart verursacht mir doch nur Kopfweh …

Mimi blies den Staub von dem Buch und schob die Kisten zum Sofa. Sie wusste jetzt, womit sie ihren Abend bestreiten würde. Mit einem Kopfsprung in die Welt von gestern. Aber zuerst noch ein Glas Rotwein als Reisebegleitung.

Sie stand auf, ging zum Fenster und schob zuerst die Vorhänge zu. Ob aus Furcht vor dem, was da draußen passieren könnte, oder aus einem Bedürfnis der Abschirmung vor dem Rest der Welt – sie wusste es selbst nicht. Und schon wieder regte sich etwas dort hinten bei der Föhrengruppe. Mimi schärfte ihren Blick. Wurde sie langsam verrückt? Dort hinten sah sie ganz deutlich jene schlanke, junge Frau mit den flachsblonden Locken, die sie schon in ihrer ersten Nacht im Bad erspäht hatte. Sie trug ein altmodisches langes, weißes Spitzenkleid und wirkte wie ein Geschöpf, das aus einer längst versunkenen Epoche in die Gegenwart gespült worden war. Sie stand an einen Baumstamm gelehnt, und Mimi hatte den Eindruck, als würde sie sie mit ihrem Blick fixieren. Und dabei sogar ein bisschen lächeln. Sie hatte prachtvolle, helle mandelförmige Augen und ein scharf geschnittenes Gesicht. Sollte sie hinausgehen, um zu überprüfen, ob man dieses Märchen angreifen konnte? Sie hatte gute Lust dazu. Aber mit welchen Worten sich der Frau nähern? »Verzeihen Sie die Störung … ich wollte eigentlich nur wissen, ob ich langsam durchdrehe … also sind Sie echt oder nur Ausdruck meiner beginnenden Psychose?«

Definitiv kein optimaler Eisbrecher für eine erste Begegnung. Egal. Sie wollte endlich Gewissheit haben, ob es sich bei dieser mystischen Erscheinung um ein Hirngespinst handelte oder ob die Frau aus Fleisch und Blut war.

Sie zog sich ihre Jacke über und trat vor die Tür.

Stille, nichts regte sich. Die poetische Blondine war wieder weg, wie vom Erdboden verschluckt. Mimi überlegte kurz, ob sie ihr nachlaufen sollte. Sie verwarf den Gedanken gleich wieder. Die Vorstellung, dass sie möglicherweise einer Illusion durch den Wald nachstellte, verursachte ihr doch ein kleines Beklemmungsgefühl.

Anton hatte ihr einmal das Prinzip Halluzination aus Expertensicht erklärt. Da war der Dopaminhaushalt im Hirn so aus dem Ruder geraten, dass Fehlschaltungen im Wahrnehmungszentrum auftraten. So sahen Menschen plötzlich kleine grüne Männchen, schwarze Käfer im Essen oder hörten bösartige Stimmen, die ihnen schreckliche Taten diktierten.

Nein, sie wischte den Gedanken sofort wieder aus ihrem Kopf, sie würde sich nicht auf dieses gefährliche Terrain begeben. Und das Wiesenwesen einfach in der Rubrik »Ganz normaler Badegast mit Hang zur Exzentrik und Talent zur Luftauflösung« abspeichern.

Wie hieß schnell dieser Idiotenspruch, den man immer wieder auf Toilettenwände gekritzelt sah? »Wer für alles offen ist, kann nicht ganz dicht sein …« Schnell wieder Zuflucht im Gespensterschloss nehmen.

Vielleicht hieß Tante Lous Kabane unter den Idylle-Anrainern ja genau deswegen so – weil eben ab und zu seltsame Erscheinungen davor irrlichterten, die keine Steuererklärung abgeben mussten und an keinen Verdauungsproblemen litten.

Sie atmete tief durch, als sie wieder im Häuschen gelandet war, zog die Vorhänge ganz dicht zu und nahm einen kräftigen Schluck Rotwein, ehe sie sich wieder auf dem monumentalen blauen Sofa positionierte und in Miriams Welt eintauchte.

16. Juni 1910

Olga ist richtig dreist. Dieser neue Freund dürfte ihr veritable soziale Rosinen in den Kopf setzen. Gestern hat sie irgendetwas baldowert, daß die Leibeigenschaft

ja schließlich schon eine ganze Weile aufgehoben ist, als ich sie gebeten habe, das Porzellan noch einmal aus den Kisten zu räumen und fest in Zeitungspapier einzupacken. Ich hätt' sie hochkantig auf die Straße setzen sollen. Wenn ich doch nur ein bißchen Charakter hätte ... Aber die Kraft, aus dem Heer der rotbackigen Bauerntramperln, die jeden Tag am Nordbahnhof in unsere Stadt strömen, das richtige Geschöpf herauszupicken, habe ich nicht. Und schon gar nicht jetzt, wo wieder diese endlosen Sommereinladungen kommen. Wer weiß, ob die überhaupt eine Ahnung haben, wie der Semmelkren geht. Frech ist sie, die Olga, aber den Semmelkren, den kann sie. Und die Marillenknödel, die kann sie leider auch wie eine aus der Hofburg.
Aber diese Allüren! Das conveniert mir gar nicht. Wo sind die Zeiten, als die Dienstboten nichts als diese eifrige Treuherzigkeit in ihren Herzen trugen? Und nichts dabei fanden, ihre ganze Existenz darauf auszurichten, ihrer Herrschaft dienstbar zu sein. Das waren die Stützsäule und das Korsett ihres Lebens: Hingabe, Treue und Fürsorglichkeit. Deswegen hat man sie geliebt und auch nach ihnen gesehen, wenn sie ein Schlagerl bekommen haben. Mein Gott: Apropos Korsett. Ich möcht' raus aus diesem Gefängnis, das meine Rippenbögen zum Bersten bringt. Die Bertha hat mir erzählt, daß es jetzt Mode-Schwestern mit einem Atelier in Mariahilf gibt, die so Hängekleider machen mit schönen Applikationen. Eine von denen soll die Geliebte von diesem Modemaler sein. Wahrscheinlich bedient er beide. Von dem seinen erotischen Unersättlichkeiten hört man ja einiges. Man kann sich ja allzu gut vorstellen, wie es in so einem Maler-Atelier zugehen muß. Babylonisch nämlich. Benebelnde Räucherstäbchen, jede Menge Kissen auf dem Boden, viel Alkohol zu den

unmöglichsten Zeiten, damit die Weiber auch recht willig werden.
Ach, wäre das schön, auch einmal so unanständig sein zu dürfen ... Träumen wird man ja noch dürfen. Träume sind ja nicht strafbar. Nein, sie sind das einzige Paradies, aus dem mich niemand vertreiben kann ... In jedem Fall würde ich so gerne eines von diesen Reformkleidern haben. Ich möchte Freiheit atmen. Doch wenn ich dem Ludwig so etwas sage, wird er nur aus seiner »Neuen Freien Presse« aufblicken, den Zwicker kurz abnehmen und murren: »Was sind denn das jetzt wieder für Flausen, Mirli? In so einem Nachthemd gehst du mir nicht auf die Straße.«
Das »Mirli« kann ich ihm nicht abgewöhnen. Ein Kosename, den man allenfalls einer Milchkuh geben würde. Er tut manchmal so, als ob ich sein Besitz wäre – wie ein Zinshaus, in das man nicht mehr sehr viel an Reparierarbeiten stecken möchte, weil es sowieso da ist und es sich außerdem nicht mehr wirklich rentiert.
Wenn die Mama mir nur einmal gesagt hätt', was so eine Ehe für eine Herumarrangiererei ist, ich hätte es bleiben lassen. Auch wenn mich dann niemand mehr zum Tee gebeten hätt' und ich in einem Blaustrumpf-Kammerl dahinvegetieren hätte müssen. Ist das die Melancholie, von der jetzt alle immer so viel reden? Oder hab' ich einfach nur nervöse Nerven – so wie die Mama ...?

24. Juni 1910

Immer dieses Theater mit der Umzieherei. Siebenundzwanzig Kisten haben wir aus Wien herschleppen lassen. Wenn der Ludwig nicht so auf jedem Heller säße, daß der Adler quietscht! Dann hätten wir wie alle Herrschaftlichen ein extra Sommergeschirr, das wir nicht jedes Mal durch die Gegend schleppen müssen. Es ist so, wie die Ber-

tha sagt. Sommerfrische ist genau so wie zu Hause, nur noch ein bißerle unbequemer. Und wie das hier gestunken hat. Zwei Tage mußte das Minnerle lüften, weil irgendwo in den Mauern ein totes Viech vor sich hin verwest ist. Es dauert immer Tage, bis man sich richtig akkommodiert hat. Wie werde ich die nächsten zwei Monate die Zeit totschlagen, ohne von ihr totgeschlagen zu werden? Die Buben wollen doch auch nicht mehr an meinem Rock hängen. Sie sollen heuer Unterricht im Lawntennis nehmen. Sehr schön übrigens, die Plätze, da oben im schattigen Wald. Das konnten sie dem Ludwig abringen.
Wie viele Kurkonzerte kann denn ein einzelner Mensch ertragen? Allerdings soll ja heuer eine illustre Gesellschaft vor Ort sein. Ein echter Nordpolforscher und sogar ein Wüstenkaiser sollen im Bellevue abgestiegen sein. Der Wüstenkaiser ist eigentlich Franzose und hat sein Geld in Zucker gemacht. So viel Geld, daß er in der Sahara eine eigene Wüstenkaiserei eröffnet hat.
Und dann hab' ich gestern auf der Promenade diesen traurigen Dichter sitzen gesehen. Man sagt, er ist ein feinsinniger Poet, aber er sieht leider aus wie ein verarmter Zirkusdirektor. Altenberg heißt er, glaub' ich. Sein Anblick hat mich gleich wieder so melancholisch gemacht. Ich werde ein paar Bäder nehmen. Dann verfliegen die düsteren Wolken vielleicht. Mens sana in corpore sano. Wie der gepanzerte Ludwig immer sagt.
Vielleicht werde ich diesen Sommer auch wirklich schwimmen lernen – wenn es mir der Ludwig erlaubt. Er hat mich nachts schon lange nicht mehr besucht. Mir geht es nicht ab, das Beiwohnen. Es ist nur so, daß dann Inflationsgefahr von meinem Kurswert besteht. Und ich mich gar nicht mehr durchsetzen werd' können, weil ich ja kein Pfand mehr in der Hand halt'.

Irgendwie ist es schon auch kränkend, daß ich ihn so gar nicht mehr ambitioniere. Ist das eigentlich in allen Ehen so?
Vielleicht hat er ja auch eine Probiermamsell. So wie der Kalman. Die Probiermamsell aus dem Salon, wo die Helene immer anfertigen läßt. Draufgekommen ist sie, weil er ständig nach diesem billigen Lavendel gerochen und sich beim Wagen-Wirt ein Kellner verplappert hat. Der wollte dann nichts als sterben, wie er kapierte, was er angerichtet hatte. Wahrscheinlich hat ihn am allermeisten agassiert, daß eine erhebliche Quelle seines Trinkgeldflusses für immer verstummt ist. So eine Chuzpe von dem Kalman!
Aber was soll die Helene machen, wo soll sie hin? Schließlich sind vier Kinder da, und zwei noch so klein. Man kann doch nichts anderes, als die Augen zumachen. So eine Scheidung bedeutet doch den Tod in jeder Hinsicht. Ich muß aufhören, mit diesem Gedanken zu rotieren. Das macht mich nur noch unglücklicher. Einfach wieder auf den »train-train quotidien« springen, wie das immer in den französischen Romanen heißt, knapp bevor Heldinnen von ihrem Schicksal zermalmt werden.
Die Olga hat jetzt – dem Himmel sei Dank – wieder ihre alte Ergebenheit. Ich hätt' sie mir auch unergeben behalten müssen. So schnell findet man doch niemanden mehr vor den Sommermonaten. Und das Minnerl ist zwar rührend, aber doch so blöd wie zwei Meter Feldweg.
Ich brauch' die Olga. Daran ist nun einmal nichts zu rütteln. Jeden zweiten Tag schleppt mir doch der Ludwig irgendeinen Höhlenmenschen aus der Gegend zum Nachtmahl nach Hause. Und für die reicht kein kalter Aufschnitt, da muß auch aus vollen Kanonen gekocht werden. Meistens bringt so ein polternder Höhlenmensch

auch noch seine Höhlenfrau als Draufgabe mit, mit der ich mich dann bei einer »conversation agréable« abplagen muß. Die haben oft schon so ein richtig verknöchertes Lächeln und sehen wie längst vertrocknete Hutblumen aus. Doch was echauffier' ich mich! Es wird nicht mehr lang dauern und auch ich werd' so eine traurige Hutblume sein.

27. Juni 1910

Heute haben die Buben erstmals ihre Lektionen auf dem Lawntennis-Platz bekommen. Sie waren furchtbar aufgeregt, besonders der Maxl hat einen ganz roten Kopf gehabt, weil er Angst hatte, daß er nicht genügen wird. So ist der Maxl immer – voll der Verunsicherungen. Das hat er wahrscheinlich von mir schon mit der Muttermilch bekommen. Der Eduard ist dagegen ganz wie sein Vater – ein Charakterkostüm prall mit Selbstbewußtsein. Es ist schon erstaunlich, wie sie sich voneinander unterscheiden!
Der Lawntennis-Lehrer ist rührend mit den Kindern. Besonders mit dem Maxl. Er hat seine Angst ein bißerl gerochen und sich wahrscheinlich deswegen besonders lieb um ihn gekümmert. Da war der Edi fast ein bißchen eifersüchtig.
Ich muß sagen, er ist sehr fesch, der Lawntennis-Lehrer. Georg heißt er. Er dürfte von unserem Stamm sein, denn sein Nachname ist Rosenberg. Augen hat er wie Kohlenknöpfe und auch so dichte schwarze Locken. Er könnt' allemal einen schneidigen Liebhaber spielen, drüben in der Arena von Baden.
Morgen kommt der Ludwig mit in die Stunde. Er will sehen, wie die Buben sich anstellen. Und wahrscheinlich, ob sich das alles rentiert – diese Schläger waren ja nicht billig. Schwer sind diese Holzpracker. Und aus Tierdär-

men die Saiten gefertigt. Dégueulasse! Die Kraft, mit sowas auf eine Filzkugel einzudreschen, die hätt' ich gar nicht. Der Georg hat natürlich sehr kräftige Hände, und braun gebrannt ist der!
Oh Gott, Miriam, du glühst ja wie ein Backfisch! Schnell, einen Mazagran – natürlich ist es für so eine Sünde eigentlich noch viel zu früh. Aber der Geschmack von dem tropischen Rum, eingebettet in einem eisgekühlten Mokka, wird meine Nerven beruhigen. So eine kleine Frivolität wird man sich doch alle heiligen Zeiten erlauben dürfen.

28. Juni 1910

Himmel, liebes Tagebuch! Ich kann nicht schlafen, nicht essen. Mein ganzes Selbst ist völlig aus der Bahn geworfen. Vielleicht sollte ich auch zu diesem Doktor in der Berggasse, bei dem die Amelie eine »talking cure« gemacht hat. Jetzt, behauptet sie, geht es ihr wirklich besser. Anfangs ist sie im Vorzimmer von dem Doktor auf und ab gegangen und hat einfach wild vor sich hingeredet, gerade was ihr in den Sinn gekommen ist. Sie sagt, es wäre wirklich befreiend gewesen. Sie ist hingegangen, weil sie dauernd von Ohnmachtsanfällen geplagt war. Wenn ihr Gemahl abends in ihr Boudoir geschlichen kam, wurde sie regelmäßig von schrecklichen Angstzuständen heimgesucht. Mit Halluzinationen. Sein Gesicht hätte sich dabei jedes Mal zu einer richtigen Wolfsfratze verzerrt. Aber das konnte sie ihm natürlich nicht sagen.
Der Doktor hat gemeint, sie würde an Frigidität und Hysteria leiden. Sachen gibt es, man glaubt es kaum. Ich wage es kaum niederzuschreiben: Aber er hat ihr geraten, daß sie von ihrem angetrauten Mann verlangen soll, daß er ihr ein paar Kronen auf den Nachttisch legt. Wie bei einer Käuflichen. Dann könnte sie die körperliche Liebe

vielleicht anders empfinden, weil es wie ein Handel ist. Und das Bedrohliche dadurch ein wenig niederzwingen – wie so eine Raubtier-Dompteuse in einem Wanderzirkus. Sie hat es nicht über das Herz gebracht, sich so weit hinauszuwagen. Man stelle sich vor: Für solche Ezzes nimmt der Doktor fünfzig Gulden für nicht einmal eine Stunde. Wahrlich ein leicht verdientes Geld.
Liebes Tagebuch, wie du siehst, lenke ich von meiner eigenen Höllenfahrt ab. Es steht schlimm um mich, schlimmer, als du dir imaginieren kannst. Die Kohlenaugen haben es mir so sehr angetan! Richtig schwindlig bin ich geworden, als ich untergehakt beim Ludwig auf den Lawntennis-Platz gegangen bin. Als er mich gesehen hat, ist ein Lächeln über sein Gesicht gehuscht. Der Ludwig war sehr reserviert zum Georg.
Herrgott – ich nenne ihn schon beim Vornamen. Das ist fatal! Als ob er etwas ahnen würde …
Er hat mir die Hand geküßt. Ganz zart ist sein Atem über meinen Handschuh gefahren. Und kostbar ist er mir jetzt, der Handschuh, so kostbar! Ich habe ihn unter mein Kissen gelegt und umschlinge ihn nachts – als ob es der Mann selbst wäre. Ich muß mich zusammennehmen, ganz schnell.
Die Buben sind so herzig. Sie lieben ihren Lehrer schon so richtig – mit einer Hingabe! Besonders mein kleiner Maxl, mein geliebter Schatz.
Ach, mein Goldknopf wird es einmal schwer haben, in dieser grausamen Welt, wo man sich den Luxus von Verletzlichkeit doch gar nicht leisten darf. Der Edi wird sich nicht so plagen, der ist schon mit so einem harten Männerpanzer auf die Welt gekommen.
Vielleicht ist der Ludwig ja deswegen so reserviert, weil ihn die Eifersucht vergiftet. Er sieht doch, daß der junge,

hochgewachsene Mensch in zwei Tagen Vorfahrt in ihre Herzen bekommen hat. So weit ist der Ludwig doch während ihres ganzen Lebens nicht vorgedrungen. Kann ich mich daran erinnern, daß er sie einmal geherzt und gebusselt hat, die Buben? Sie nachts getröstet hat, wenn sie schlechte Träume hatten? Nein, beim besten Willen nicht!

Man weiß doch, was mit unserem lieben Kronprinzen passiert ist, weil er so zur harten Disziplin geschunden wurde. Nachts haben ihn seine Erzieher mit kaltem Wasser übergossen, ihn mit Pistolenschüssen aus dem Schlaf geschreckt … Sie haben ihn auch ganz allein im dunklen Wildschweingehege von Lainz zurückgelassen. Das haben seine zarten Nerven einfach nicht vertragen. Und dann wollte er irgendwann nicht mehr. Und hat sich aus der Verantwortung geschossen. Wer kann's ihm verübeln? Aber daß er das junge Ding hat mitnehmen müssen!

Wenn der Ludwig den Rohrstock schnalzen hat lassen, auf die lieben Kinderleiber, und ich geweint und gefleht hab', daß er sie verschonen möge, hat er mich nur ganz hart angesehen und mit seiner grottentiefen Stimme gesagt: »Weib, geh' mir aus dem Licht. Ich will keine Ballettänzer, ich will Burschen, die später einmal das Zeug zu Soldaten haben!«

Wie, lieber Gott, werde ich diesen Sommer überleben? Bitte hilf mir! Ich war zwar nicht immer gut, aber ich war nie richtig schlecht. Denk' bitte immer daran. IMMER!!!!!

4. Juli 1910

Verzeih mir, liebes Tagebuch, daß ich dich so lange allein gelassen. Aber die Ereignisse haben sich überschlagen. Das Leben war plötzlich so drall, daß man sich gar keine Erlebnisse spintisieren mußte.

Ich bin glücklich, so glücklich, daß ich jeden Tag schon beim Aufstehen schreien könnte. Der Ludwig versteht die Welt nicht mehr. Wenn der Bäckergeselle in der Früh kommt – mit seinen Mohnstriezerln, Salzstangerln und nach Rosinen duftenden Kipferln –, zirpe ich schon wie eine Amsel bei den ersten Frühlingsstrahlen. Es ist mir alles egal. Hauptsache, er kommt in meinem Universum vor. Der schöne, erhabene, herzensgebildete Mann. Kein Panzer, weit und breit. Kann man das glauben?

Es ist wie ein märchenhafter Traum, der sich langsam, aber sicher in die graue Wirklichkeit zwingt. Werde ich mit diesem Traum hinweggeschwemmt werden?

Aber eins nach dem anderen. Nachdem die Buben so gepenzt haben, daß ihr Georg einmal zu uns in die Villa zum Nachtmahlen kommt, hat sich der Ludwig dann doch erweichen lassen. Ich hab' der Olga eine Forelle blau mit Wurzelgemüse in Auftrag gegeben, vorher ein Confit von der Entenleber und danach Baisers, mit Vanillecrème gefüllt, leicht angesprenkelt mit Lavendelzucker.

Es sollte wirklich etwas Besonderes werden. Ich habe den lieben Gott offenbar mit meiner guten Laune angesteckt, denn er hat dem Ludwig aus heiterem Himmel ein Telegramm geschickt. Dringende Probleme in Wien: Eine Lederlieferung aus Böhmen würde wegen eines Schienenunglücks nicht rechtzeitig eintreffen und der Major, für dessen Regiment die Stiefel bestellt waren, schäume.

»Ich muß ihn ins Sacher bitten, um ihn zu beruhigen«, war sich der Ludwig sicher, »die Konkurrenz wird immer härter. Solche Großauftraggeber darf man sich nicht vergrämen.«

Ich habe ihn natürlich ausführlich bedauert, meinen armen Ludwig – bei der Hitze wieder hinein in die Stadt.

Natürlich würde ich das Abendessen absagen, hab' ich gesagt, ich falsche Schlange, wenn er darauf bestünde, allerdings hätten sich die Buben doch schon so darauf gefreut! Da hat er dann nur etwas gebrummt, das ich als Zustimmung interpretiert hab'.

Es ist ein so wunderschöner Abend geworden! Der Georg hat einen weißen Anzug getragen und war recht verlegen – am Anfang. Wahrscheinlich kommt er nicht recht oft in solche Häuser. Er war ganz begeistert von unserem neuen Wasser-Closett.
»Wo ist denn der werte Herr Gemahl«, hat er mich betont beiläufig gefragt, als ich ihn in den Salon gebeten habe.
»Der, der hat heute etwas Besseres vor«, hab' ich ihm lachend geantwortet.
Da ist er richtig rot geworden, hat sich dann aber erstaunlich schnell wieder gefangen, mir zum zweiten Mal die Hand geküßt, mir ganz tief mit seinen wunderschönen kohlschwarzen Guckerln in die Augen geschaut und nahezu geflüstert: »Was kann man denn Besseres vorhaben, als einen Abend mit Ihnen zu verbringen, gnädige Frau?«
Die gnädige Frau muß gestehen, daß sie sich diesen Satz seither immer wieder heimlich vorgesagt und ihn dabei wie eine Schaum-Tortelette vom Demel auf der Zunge zerrinnen hat lassen.
Vor dem Essen hat er mit den Buben draußen im Garten Kricket gespielt. »So einen großen Bruder hätt' ich gern«, hat der Maxl gesagt, als wir uns dann alle zu Tisch gesetzt haben in der Veranda. Der Edi hat dabei recht finster dreingeschaut, aber das Confit hat ihn dann gleich wieder versöhnt. Das Minnerl hat ein bisserl komisch geschaut, als sie aufgetragen hat. Aber sie hat ja dort, wo

das Gehirn ist, einen Hohlraum, deswegen muß man sich wohl keine allzu großen Sorgen machen.
Die Unterhaltung bei Tisch war heiter und beschwingt. Zur Entenleber haben wir recht kräftig in den Portwein gelangt, was mir natürlich sofort einen tadelnden Blick vom Edi eingetragen hat. Der ist nicht gewohnt, daß ich beim Soupieren trinke. Er wird immer mehr wie sein Vater, aber ich darf es ihm halt nicht übelnehmen. Ich muß ihn genauso liebhaben wie den Maxl. Das ist meine Pflicht als Mutter!!!!!
Nach Tisch sind wir in den Salon gegangen. Da hat sich der Georg wie selbstverständlich an das Piano gesetzt, ein bißerl herumfantasiert und uns dann einfach so das Brahms-B-Dur-Konzert vorgetragen, eines meiner Lieblingsstücke – so, als ob er es gewußt hätte.
Ich habe die Kinder um halb zehn ins Bett geschickt. Der Georg dachte, daß das auch für ihn das Zeichen wäre zu gehen und wollte sich gleich auch verabschieden.
»Na, haben Sie denn heute noch was vor«, habe ich ihn ganz schelmisch gefragt, und er ist wieder so entzückend errötet – wie ein Pennäler.
»Nein, nein«, hat er gestammelt, »ganz im Gegenteil. Ich will nur nicht Ihre Zeit über Gebühr beanspruchen.«
»Ich habe mich entschlossen, beleidigt zu sein, wenn Sie es nicht tun!«
Wie einen plötzlich der Mut reitet, wenn man etwas wirklich will. Und man überflutet wird von diesem Willen. Der Mond hing satt und frech in seiner vollen Fülle am Firmament, fast orange, dramatisch orange. Es war mild und warm draußen – ein Sommerabend, wie man ihn in Flaschen ziehen sollte. So haben wir noch im Garten Platz genommen. Das Minnerl war baß erstaunt, daß es nach draußen noch Kaffee, Likör und Pralinen servieren

mußte. Dort sitz' ich doch sonst nie um die Zeit. Dann hab' ich sie aber ins Bett geschickt, denn diesen kuhäugigen Blick hab' ich nicht mehr ertragen.
Wir haben geredet und geredet. Über alles. Zuerst über die Musik. Der Georg studiert nämlich Klavier am Konservatorium. Er gibt nicht nur Lawntennis-Stunden, sondern unterrichtet auch »die Kinder mit den groben Fingern und den umso ehrgeizigeren Mamas«, wie er lachend gesagt hat.
Wie ein Blitzschlag hat mich in dem Moment das gelbe Gespenst der Eifersucht heimgesucht. Ich habe mir plötzlich vorgestellt, daß der Georg bei allen Mamas seiner Lawntennis- und Pianoschüler mit seinen Kohlenaugerln flirtative Salti schlägt und ich in einer Armee von Frauen, die ausgehungert sind nach einer Schwärmerei, steh'. Ich muß kalte Bäder nehmen. Dann wird's mir schon wieder vergehen.
Und was, wenn nicht?
»Da lernt man sicher viele Mamas näher kennen ...«
Den Satz konnte ich mir einfach nicht verkneifen.
Er hat nur genickt und leise hinzugefügt: »Aber es ist keine, wirklich keine einzige dabei, mit der man einen Abend verbringen möchte ...«
Und dann hat er mir erzählt, daß er seine Mutter heute kränken mußte. Weil er doch sonst mit ihr immer den Schabbes feiert. Und sie ansonsten nur bei heftigen Fieberschüben oder was ähnlich Dramatischem am Freitagabend alleinläßt. Sie ist Witwe und hat nicht mehr viel vom Leben. Seine Schwester ist längst verheiratet mit einem Assimilierten, der unerbittlich ist und nichts von den Traditionen unseres Stammes wissen will.
So wie der Ludwig. Nicht einmal eine Bar-Mizvah für den Edi hat er mir erlaubt.

»Blödsinnige Folklore!«, hat er gesagt, »wir sind doch längst nicht aus dem Stedtl.«
Mich hat das so gekränkt. Was für ein Glück, daß die Mama das nicht mehr miterleben muß. Es hätte ihr nicht gefallen, daß ich mich dem so gefügt hab'. In dem einen Punkt hätt' sie mir mit Sicherheit ein bißerl eine Widerspenstigkeit zugestanden. Ansonsten war sie schon der Meinung, daß nur die Persönlichkeit eines Mannes eine Frau zum Erblühen bringen kann.
Wenn die Buben nicht wissen dürfen, wer sie sind, fehlt ihnen doch ein wichtiger Teil von ihrem Selbst. Der Ludwig hat doch nur Angst, daß er dann bei irgendwelchen Edlen von und zu Schieß-mich-tot und Baronen nicht eingeladen wird.
Weil er irgendeine von den Pimperlkronen-Pflanzen bei einer Soiree belauscht hat, die über mich gesagt hat: »Die Frau Gattin von diesem Damian ist ja eigentlich ganz sympathisch, obwohl sie eine Jüdin ist ... Dafür tut sie aber eigentlich recht nobel ...«
Auch darüber haben der Georg und ich geredet. Daß man immer so angefeindet wird – von Menschen, die oft nicht einmal ein Wort mit einem gewechselt haben. Er wird deswegen auch im Konservatorium immer wieder angepöbelt. Erst unlängst hat er in seinem Spind einen Zettel gefunden, wo in Balkenlettern geschrieben stand: »Wir werden es zu verhindern wissen, daß ihr verwöhnten Krummnasen danach trachtet, unser heimisches Volk zu entnationalisieren.«
Diese dummen Buben, verirrte Hitzköpfe. Dabei hat der Georg eine so schöne Nase – wie ein junger griechischer Gott! Er schüttelt sich ab von diesen Anfeindungen, wie ein Hund, der aus einer Schlammlacke steigt. Die jungen Menschen können das.

Er ist erst weit nach Mitternacht gegangen. Beim Abschied fehlte nicht viel und ich hätte ihn geküßt. Ganz irre war ich von dem vielen Portwein. Er hat es auch gespürt, daß nicht mehr viel gefehlt hätte. Verlegen hat ihn das gemacht. Er hat sich nur hastig bedankt und ist wie ein schöner Spuk in der vom Mond so magisch erhellten Nacht verschwunden ... Gar nicht gefragt hat er, wann der Ludwig wieder anreisen wird.

Wie dankbar konnte ein einzelner Mensch einem böhmischen Schienenunglück nur sein. Das war mit Sicherheit eine veritable Weltpremiere in der Dankbarkeits-Historie für böhmische Schienenunglücke.

10. Juli 1910

Ich funktioniere wie eine Maschine. Aber nur nach außen hin. Mein Inneres tobt – Sehnsucht, so große Sehnsucht. Die Sehnsucht ist doch der einzige Motor, der uns am Leben hält.

»Was ist dir, Mirli?«, hat er mich gestern gefragt, »du wirkst so neben dir.«

Quelle surprise! Daß ihm das überhaupt aufgefallen ist. Normalerweise merkt er doch nur etwas bei mir, wenn die Influenza bereits völlig ausgebrochen ist. Und dann ist seine allergrößte Angst, daß ich ihn oder die Kinder anstecke. Meine Genesung ist ihm immer so egal wie die »Neue Freie Presse« von vorletzter Woche.

Ach, könnte ich mich doch jemandem anvertrauen! Nur diesen Kurschlänglein, mit denen man immer im Wasser schwätzt, traue ich kein Quentchen über den Weg. Es wird doch hier ständig getratscht. Und wenn die Gerüchte, die schon existieren, nichts taugen, dann werden einfach flugs neue in die Welt gesetzt.

Übrigens: Man glaubt es kaum. Die Odilie Rottenschlag, diese zweitklassige Soubrette aus Brünn, die uns Sommer lang in der Arena mit ihrem dünnen Katzengesang gequält hat, ist vorgestern erwischt worden: bei einem Ladendiebstahl in einer Parfümerie am Hauptplatz in Baden. Sie hat ein Riechfläschchen in ihr wuchtiges Dekolleté gleiten lassen. La Scandaleuse!
Aber ihre Antwort auf die Frage des Polizisten, wieso sie sich in ihrer Position so sehr vergessen konnte, lautete im Original: »Wertes Amtsorgan – ich befinde mich in erotische Krise. Da wird einem doch so ein kleines Delikt wohl nachgesehen werden.«
Diese Antwort entbehrt nicht einer gewissen Chuzpe, und komisch ist sie obendrein.
Für das große Weltpolitische taugt er nicht viel, der »Cur-Bote«, aber in der Rubrik »Vermischtes« findet sich immer wieder die eine oder andere amüsante Pikanterie.
Befinde ich mich auch »in erotische Krise«? Ich fürchte, bei mir ist längst etwas ausgebrochen, was man nicht mehr mit nur einem kleinen Ladendiebstahl ins Lot bringen wird können. Vielleicht sollte ich auch ein »chimney sweeping« bei dem Nervendoktor machen, auf daß ich wieder in die alte, ungefährliche Langeweile find' und ich die Untermiete in meinem neuen Luftschloß irgendwann aus freien Stücken aufgeben werde. Um des lieben Seelenfriedens willen. Aber ist eine Seele, wenn sie Frieden hat, nicht auch fast tot?

Die letzten zwei Tage habe ich die Buben nicht begleitet. Ich habe ihnen erklärt, daß ich mich nicht wohlfühle; mir die Hitze zusetzt. Das Minnerl ist mit ihnen zum Wald hinaufgegangen.

»Der Georg hat nach dir gefragt«, hat der Maxl gesagt, »du mußt wieder kommen. Wir haben schon die Rückhand trainiert.«
»Backhand heißt das, du Depp«, hat ihn der Edi gleich getadelt.
Ich bin mir nicht mehr sicher, ob ich das schaffe ... die Fassade aufrechtzuerhalten. Ich komme mir vor wie eine Litfaßsäule, auf der in fetten und für jedermann ersichtlichen Lettern zu lesen steht: Ehebruch, Drama, Verletzung, Liebe. Wie in einer Reklame in »Die Dame« für den neuesten Schundroman. Doch ich habe doch nichts getan! Gar nichts, wofür ich mich schämen müßte.

13. Juli 1910

Die Sonne tobt da draußen, doch mir erscheint sie wie ein unwillkommener Eindringling, der mir die Finsternis in meinem Herzen noch heftiger vor Augen führt. Seit drei Tagen habe ich mich bei abgedunkelten Jalousien in meinem Zimmer eingesperrt. Es ist schon wieder die Migräne, die mit den unreinen Tagen immer wieder kommt. Migräne klingt ja auch viel eleganter als bloßes Kopfweh. Die Olga hat mir nur lauwarme Rinderbouillon mit einem verquirlten Ei hinaufgebracht. Mehr hab' ich einfach nicht runtergebracht. Sie war ganz lieb besorgt. Wenn ihr aufrührerischer Herzensherr in einem Sicherheitsabstand ist, dann wird sie mir wieder völlig normal und treuherzig, wie es sich für eine Köchin geziemt, mein Olgerl.

14. Juli 1910

Er hat mich gezwungen, daß ich mitgehe auf das Kurkonzert, dieser Unsägliche.
»Mach' dir eine schöne Toilette«, hat er gesagt, »und

nimm dir den Trauerflor aus deinem Gesicht. Das kann einem ja richtiggehend die Laune verderben.«

Die ausgelassene Stimmung, die laute Marschmusik und die Damen mit ihren überladenen Hüten, die wie Makart-Bouquets ausschauen, waren wie der blanke Hohn für den Zustand meiner Seele.

»Mama, komm' doch raus aus deiner Traurigkeit«, hat der Maxl gesagt und mir ganz fest die Hand gedrückt.

Und dann ist mir fast das Herz stillgestanden. Denn mitten im Getümmel habe ich ihn gesehen, den von mir so Ersehnten. Und er war nicht alleine. Dicht an ihn gedrückt ging sowas Liebes, Rotbackiges, in einem blauen, gestärkten Kleid.

Es war ein einfaches Kleid. Das hat man aus der Ferne gleich gesehen. Ich schätze, sie steht wo im Dienst bei einer Herrschaft oder ist eine kleine Verkaufsmamsell. Angestrahlt hat sie ihn aus ihrem gesunden, frischen Vollmondgesichterl – voll der Hingabe.

Nicht, daß man sie nicht verstehen könnte. Ein bisserl breit ist sie um die Hüften, aber Haare hat sie sehr schöne. So einen dicken, rotbraunen Zopf. Und diese Haut! Wie aus Porzellan.

Einmal möchte einem noch so eine Porzellanhaut vergönnt sein.

Zuerst hat er mich nicht gesehen, doch dann haben sich unsere Blicke getroffen wie Schwerter. Mein ganzes Gesicht hat geglüht. Diese Peinlichkeit! Mir ist schwarz vor den Augen geworden, und ich kann mich an nichts mehr erinnern.

Als ich erwachte, lag ich auf einer Wiese. Rings um mich Schaulustige, die auf eine dramatische Extraeinlage gehofft haben. Und der Maxl hat mir ein naßkaltes Taschentuch auf die Stirne gedrückt. Verwirrt

habe ich ihn gefragt: »Wo ist er, der Georg? Ist er noch da?«
Gott sei Dank hat mich der Ludwig nicht gehört, der einen Sanitäter holen gegangen ist.
»Nein, Mama, wie kommst du da drauf?« Und dann hat Max mich mit einem Blick angesehen, als ob er alles wüßte. In seinen Augen ist auch die Angst gestanden. Er spürt doch auch, daß sein Vater und ich uns immer weiter voneinander entfernen.
Ich habe mich dann langsam wieder hochgerappelt. Und bin schnell nach Hause – nur alleine sein! »Sag' dem Papa, es geht mir schon wieder gut!«, habe ich dem Großen noch rasch zugeflüstert, »ich will euch nur nicht die Laune verderben. Versprich' mir, daß ihr euch einen schönen Tag macht's.«
Der Edi war so verdutzt, daß er mir überhaupt nur völlig baff nachgeschaut hat. Ich bin durch die Menge, raus aus dem Curpark, und die Jägermayerstraße hinauf. Auf einmal spürte ich eine Hand auf meiner Schulter und wäre fast noch einmal kollabiert. Und zwar vor Schreck.
Er war leichenblaß.
»Miriam, wie geht es dir?«, hat er gefragt. Als ob man sich auf der Curpromenade zu einem belanglosen Tee getroffen hätte!
»Nicht gut, Georg, nicht gut«, habe ich geantwortet. Und sofort hat er meine Malaise auf das Richtige bezogen.
»Miriam, dieses Mädchen, es ist nicht wichtig.«
»Ich wüßte nicht, daß mich das irgendetwas angeht«, hab' ich ihm ganz kühl geantwortet.
»Papperlapapp!«, war seine Antwort. Und dann noch einmal: »Papperlapapp!«
Dem folgte ein schelmischer Blick, der bald wieder vom Ernst verfinstert wurde. Und dann hat er mich an sich

gedrückt – es war wie eine Welle, diese Umarmung, was sag' ich eine Welle, eine Sturmflut!
Ich: »Georg, was ficht Sie an! Hier am hellichten Tag mitten auf der Straße!«
Er ganz verzweifelt: »Ich muß Sie sehen. Bitte! Morgen bei Sonnenaufgang bei der ›Waldandacht‹!«
Ich: »Was fällt Ihnen ein! Ich bin doch nicht eines von Ihren Flitscherln, das auf diese Dienstmädchen-Romantik hereinfällt!«
Jetzt wirst du mich fragen, liebes Tagebuch, was ich machen werde. Und ich kann dir nur mit allen Kräften und aus voller Inbrunst entgegenschmettern: Na, hingehen werde ich!!!!!!

18. Juli 1910

»Waldandacht«, magische »Waldandacht«! Schon das dritte Mal habe ich das pure, reine Glück dort oben getrunken. Gegen fünf Uhr früh stehle ich mich immer aus der Villa, verschleiert und mit einem großen Hut. Meistens wache ich schon Stunden vorher auf, in blanker Angst, daß ich eine Minute dieses goldenen Glücks verprassen könnte, weil ich zu spät bin. Noch jedes Mal war er vor mir da. Kolossal fesch ist er, wenn er da in seiner Lawntennis-Montur auf der Holzbank sitzt und die noch zaghaften Sonnenstrahlen in seine schwarzen Locken tauchen. Sobald ich ihn sehe, möchte ich seinen schönen Schädel mit beiden Händen packen und ihn über und über mit Küssen bedecken. Contenance, Miriam, sagte ich mir selbst, man darf sich doch nicht kopfüber verschenken. Jede Festung, die kampflos zu erobern ist, verliert doch schon bald an Wert! Doch alle Kalküle und Vorsätze flattern mir weg wie Tauben, wenn ich in seine glühenden Kohlenaugen schau' und endlich, endlich begreife, daß

sich in diesem Blick alles spiegelt, was das Leben lebenswert macht.
So halten wir uns nicht lange mit einer »conversation agréable« auf, sondern versinken ineinander, wie zwei Ertrinkende. Und jede Minute dieses Versunkenseins ist für uns so kostbar, als ob es unser letzter Atemzug vor dem Untergang wäre.
»Wohin?«, habe ich ihn um eine Antwort angefleht, als wir uns beim letzten Mal voneinander verabschieden mußten. »Wohin?«
Da hat er mich ganz fest am Arm gepackt und mich mit einem Blick angeschaut, aus dem jede Leichtigkeit verflogen war. »Wohin, ist mir gleichgültig, Miriam«, hat er geantwortet, »solange du, du, hörst du, du an meiner Seite bist. Alles andere ist mir unwichtig.«
Und dann ist er losgaloppiert, wie ein edles Rennpferd, damit er rechtzeitig beim Lawntennis ist und den rotgesichtigen Kindern aus gutem Haus zeigt, wie man so eine Filzkugel auf die englische Art trifft.
Ich bin noch eine Weile allein sitzengeblieben, weil mein Herz so gerast hat. Es ist das erste Mal in meinem Leben, daß ich mit Haut und Haaren gewollt werde. Oder ist es doch nichts als eine fragile Schwärmerei von einem jungen Menschen, der noch nichts erlebt hat?

20. Juli 1910

Was für ein Keulenschlag! Gestern noch erschien mir das Leben so sanft und weich wie das grüne Quellwasser! Ich schwamm in der trügerischen Illusion, daß mir nichts und niemand etwas anhaben könnte. Zwar hat der Ludwig schon etwas die Brauen hochgezogen, als ich gestern als letzte und völlig erhitzt vom schnellen Gehen am Frühstückstisch Platz nahm. Aber er hat mir die

Geschichte von einem ausführlichen Spaziergang gegen meine Kopfschmerzen dann doch, ohne weiter nachzubohren, abgekauft. Sein Begrüßungskuß auf meine Wange erschien mir wie ein Frevel. Denn dort spürte ich noch den heißen Atem vom Georg, den Druck seiner verlangenden Lippen. Wie fahl und ohne Tam fühlte sich dagegen Ludwigs Routine-Liebkosung an.

Doch meine Erleichterung, daß mein Gemahl keinen Argwohn verspürte, sollte mir nur kurz vergönnt sein. Ach, hätte ich doch nicht hineingeschaut in das vermaledeite Wäschebuch, dann wäre mir diese ganze Malaise erspart geblieben. Es ist mir gleich aufgefallen, daß das Minnerl mit seiner unbeholfenen Schrift dort auffallend viele Correkturen gemacht hat. Von den schweren Damast-Tischdecken für die Fest- und Feiertage waren plötzlich nur mehr drei angeführt, dabei weiß ich ganz sicher, daß ich sieben Stück davon hatte. Und richtig – es war kein Irrtum. In den von mir geführten Ausstattungs-Bestandslisten vom April 1909 waren klar und deutlich ebensoviele verzeichnet. Die geklöppelten Überdecken aus den Gästezimmern waren zwar Ende Juni in der Rubrik »Mangel« angeführt – ich hatte dem Minnerl auch aufgetragen, sie zum Ausbessern außer Haus in Fachhände zu geben. Nur ihre Rückkehr nach der Repariererei in den Herrschaftswäscheschrank war mit keinem Wort vermerkt. Und als ich den Rittersporn, den ich mir oben auf der »Waldandacht« gepflückt hab', in der böhmischen Kristallvase arrangieren wollte, war die auch wie vom Erdboden verschluckt.
»Ich habe keine Idee, wo die sein könnt', Gnädigste«, hat mir das Minnerl nur erstaunlich batzig geantwortet. Also habe ich mir sie nach dem Mittagessen in das Kla-

vierzimmer bestellt – zu einer ernsten Aussprache. Sie ist zwar pünktlich erschienen – aber von Reue oder Demut kein Funken in ihrem Blick.
Die Conversation, die dann folgte, muß ich jetzt aus dem Gedächtnis noch einmal niederschreiben, so sprachlos hat sie mich gemacht.
»Minnerl, hab' ich dich schlecht behandelt?«
»Nicht, daß ich wüßte, Gnädigste.«
»Was ist das hier?«
»Unser Wäschebuch, Gnädigste.«
»Richtig. Und unser Wäschebuch schaut aus wie ein napoleonischer Krieg …«
»Wenn Gnädigste meinen.«
»Ich meine nicht nur das, auch sonst sind mir grobe Mängel aufgefallen.«
»Welcher Natur?«
Richtig frech hat sie mich dabei angesehen. In dem Moment habe ich schon geahnt, daß Unheil dräut.
»Der Natur, daß das Verzeichnis von unnatürlichen Abgängen nur so strotzt. Plötzlich nur mehr drei Festtagsdecken. Und die geklöppelten Überdecken aus den Gästezimmern, die wurden doch abgeholt, oder?«
»Weiß ich nicht mehr.«
»Wie kann Ihr nur so etwas entfallen sein. Hat Sie sonst an so viel zu denken?«
»Möglicherweise an mehr als die gnädige Frau …«
»Bitte wie? Ich hab' mich doch jetzt hoffentlich verhört?«
Ich wollte dem Minnerl noch eine Chance geben. Nein, gelogen, in Wahrheit wollte ich mir noch eine Chance geben – damit sich diese ganze Begegnung wie ein schlechter Spuk auflösen könnte und das Minnerl wieder in ihre alte Treuherzigkeit findet. Doch das war nichts als eine trügerische Hoffnung, wie sich gleich herausstellen sollte.

»Nein, nein, Gnädigste haben schon richtig gehört.«
»Also, Minnerl, wenn das so ist. Wie lange stehst du schon in unserer Herrschaft?«
»Drei Jahre. Drei Jahre ohne Lohnerhöhung, Gnädigste.«
»Mußt du bei uns in der Speis' oder in einem Bügelzimmer im Hängeboden schlafen, wie es andere Dienstboten tun?«
»Nein, Gnädigste, ich hab' mein eigenes kleines Zimmer.«
»Kriegt Sie nur Rollgerstensuppe, während wir uns am Tafelspitz und Fasanbrüstchen delektieren?«
»Nein, Gnädigste, außerdem find' ich Fasan ohnehin gruselig.«
Dumm wie ein Haufen Bohnenstroh war sie schon immer gewesen, aber jetzt eben auch noch frech.
»Sie wird die leidigen Angelegenheiten mit der fehlenden Wäsche und der weggezauberten Vase in Ordnung bringen oder Sie kann sich um eine andere Dienststelle umschauen. Ohne Referenzen natürlich, sonst hab' ich hier noch die miserable Reputation ...«
Und jetzt der Paukenschlag. Drei Atemschläge holt sie Luft – und zwar nicht, um sich dabei gehörig Courage herbeizuschaffen, sondern um diesen Triumph so richtig auszukosten, wie sich gleich herausstellen sollte.
»Mit der Reputation der gnädigen Frau ist es eh schon nicht zum Besten bestellt ...«
»Comment?«
»Ich sprech' kein Englisch, gnädige Frau, aber Sie haben mich nur allzugut verstanden!«
»Verlaß' Sie sofort das Zimmer und bis zum Abend unser Haus!«
»Sind Sie sicher, Gnädigste, daß Sie das auch wirklich wollen?«
»Tout à fait ...«

»Nun gut, gnädige Frau. Dann wird es den gnädigen Herrn sicherlich auch sehr interessieren, was die gnädige Frau des frühen Morgens für schöne Spaziergänge auf die ›Waldandacht‹ macht ...«

Da ist mir dann richtig schlecht geworden, ich habe mich fast übergeben, nur die Blöße, die wollte ich mir nicht geben – vor diesem dreisten Ding!

»Sie spionieren mir nach, Sie unsägliche Person!«

Meine Verzweiflung ist ihr wohl bekommen. Wie ein Frischling im Dreck hat sie sich darinnen gesuhlt.

»Nun ja, Gnädigste, es hat sich so ergeben. Meine Freundin, die Leni ...«

Sie pausierte bedeutungsvoll, wollte noch einmal die Gelegenheit auswringen, um meine ganze Desperatheit einzuatmen.

»Wer ist diese Leni?«

»Niemand, den Sie kennen würden. Die Leni ist jemand, über den solche wie die gnädige Frau einfach hinwegschauen – wie über ein kleines Insekt in einer Sommerwiese. Aber die Leni ist versprochen ...«

»Wem?«

»Nun ja, wie soll man sagen – Ihrer Vergnügung. Es wird demnächst Verlobung gefeiert werden. Sie sind ihr übrigens schon begegnet ...«

»Wo sollte das gewesen sein?«

Ich konnte nur mit Mühe sprechen, mein Magen wollte noch immer eine Etage höher.

»Im Curpark, beim Konzert. Wo die Gnädigste eine so spektakuläre Brez'n hingelegt hat. Da war die Leni mit ihrem Verlobten, also mit ihrem sehr bald Verlobten!«

Wo blieb der kleine Weltuntergang, wenn man ihn wirklich brauchte? Genau nirgends. Selten hat jemand in mir eine derartige Explosion aus Scham, Angst und gnadenloser

Verwirrung ausgelöst. Aber am meisten schmerzte die Bloßstellung durch den großen, mächtigen Verrat von meinem »amant de cœur«, wie dieses Rollenfach doch immer in den französischen Salonkomödien bezeichnet wird. Natürlich! Die Leni war das rotbackige Vollmond-Fräulein mit dem schweren, kastanienbraunen Zopf. Was für eine unrettbare Idiotin war ich nur, daß ich da nicht früher draufgekommen bin!!!

»Das Mädchen, es ist nicht wichtig«, hatte er gesagt. Dabei würde er sie schon bald heiraten.

Ohne daß ich das tolldreiste Minnerl nach den Einzelheiten gefragt hätte, schnurrte die dann los. Das Genre des Katastrophen-Postillions dürfte ihr rundum behagen – so konnte sie sich endlich in das Gefühl von Bedeutsamkeit manövrieren. Aufstand des Proletariats – aber in seiner perfidesten Form!

»Der Leni ist nämlich aufgefallen, daß sich ihr Schurl ein bißerl eigenartig benimmt – so abwesend ist, ganz in sich hockt und seine Fröhlichkeit immer grauer wird ...« Wie sie den so gewöhnlichen Kosenamen »Schurl« ausgesprochen hat, bin ich zusammengezuckt wie unter einem Messerstich. Es klang so erschreckend gewöhnlich. Und dann hat sie nur noch das erzählt, was ich mir ohnehin erwartet hatte. Daß die Leni ihren Georg heimlich beobachtet hat, weil sie wissen wollte, warum er sich von ihr entfernt. Und sie ihm auf die »Waldandacht« nachgepirscht ist. Und weil das Minnerl die beste Freundin von der Leni ist, hat sie sie auf einen dieser Pirschgänge begleitet. Und – siehe da – was das für eine Überraschung für das Minnerl wurde.

Sie beendete ihre Ausführungen mit dem Fazit: »Die Gnädigste mög' mir verzeihen, wenn ich jetzt fast sagen möcht', daß sich in diesem Fall das frühe Aufstehen ein-

mal wirklich ausgezahlt hat. Obwohl es ja schon mehr als offensichtlich war ...«
Sie brach ab, kam aber dann meiner stummen Aufforderung, ihre gemeinen Tiraden doch einfach fortzusetzen, gleich bereitwilligst nach: »Na ja, als der gnädige Herr wegmußte, nach Wien, und der Herr Georg zum Soupieren kam und ich den Likör in den Garten servieren mußte. Da hätte ein Blinder den Funkenflug gerochen ...«
Sie ist noch dümmer als Bohnenstroh, da war ich mir in dem Moment ganz gewiß – aber gerissen. Und sie will mehr vom Leben, als ihr durch ihre Herkunft zugedacht war. Genau dieser Drang macht sie ja so gefährlich. Aus diesem Drang sind ganze Revolutionen mit hunderttausenden Toten entstanden.
»... nur damals hatte ich ja keine Ahnung, daß das der Schurl von meiner Leni ist. Sie wollte ihn mir schon so lange vorstellen, aber ich habe nie freigekriegt, wenn es sich ergeben hätte!«
Dieser Vorwurf mußte noch unbedingt untergebracht werden. Wer hätte je gedacht, daß das so einfache, naive Minnerl solche Allüren und eine solche Durchtriebenheit an den Tag legen würde? Die Olga, ja, noch eher – vor allem durch diesen Dreher, der ihr den sozialen Firlefanz in den Kopf gesetzt hat. Aber das Minnerl!
Nun gut – meine Menschenkenntnis ist ohnehin keinen Heller wert. Und erst dieser Falott, der sich in die Herzen der Mütter seiner Lawntennis-Schüler gräbt. Wahrscheinlich gehört das Brahms-Klavierkonzert zu seinem Verführungs-Standardrepertoire und er klimpert es in jeder Villa, wo er seinen Fuß hineinsetzen kann.
Oh Gott, wie konnte ich nur so schwachsinnig sein. Ich bin in einer verfluchten Patt-Stellung. Sie wird mich jetzt

beinhart erpressen, das konnte man ganz deutlich an ihren kleinen, gierigen Augen ablesen.
»Danke, das ist alles«, habe ich gesagt, als ob es darum gegangen wäre, den Tee abzuservieren. Aber was hätte ich denn tun sollen?
Ich muß einmal Zeit gewinnen und schauen, daß ich aus dieser schrecklichen Schlacht unverletzt hervorgehe. An Gewinnen ist ohnehin nicht mehr zu denken.
Kuhäugig hat sie mich dann angestarrt, das kleine Miststück. La Salope!
»Und wie, Gnädigste, werden wir jetzt weitertun?«
»Glaube mir – das wirst du früh genug erfahren.«
Der pure Bluff. Ich war – bin – natürlich genauso ratlos wie diese Kreuzotter. Ich habe ihr angesehen, wie es in ihrem engen Köpfchen arbeitete und sich dort verdutzte Verwirrung breitmachte. Ein kleiner Triumph, aber ein sinnloser. Ludwig wird mich wie einen alten Hund vom Hof jagen. Ich bin verloren.
Und just heute spielen sie drüben in der Arena die »Butterfly« – das Schicksal ist so höhnisch.

23. Juli 1910

Du!
Ich spare mir den Lavendel,
genug gesülzt und gesäuselt.
Viel Glück im kleinen Leben.
Leni heißt sie, glaube ich,
ein so ein herziger Name.
Und wage es nicht …
Miriam

Mehr war nicht zu sagen, oder besser zu schreiben, in dieser herzzerreißenden Angelegenheit. Ich habe den Brief

versiegelt und dem Maxl zum Lawntennis mitgegeben. Dem Edi vertrau' ich nicht. Er ist der Sohn seines Vaters. »Dieser Brief ist für den Georg. Du mußt zaubern, niemand darf sehen, wenn du ihn ihm zusteckst. Die Mama und du – wir haben jetzt ein Geheimnis«, habe ich geflüstert, »und du mußt mir versprechen, daß das auch so bleibt.«
Er hat nur genickt und war richtig stolz, daß er eine solch bedeutsame Mission zu erfüllen hat, der geliebte kleine Mann.

Am Tag darauf hat er mich abgepaßt, der Gefühlsräuber – als ich mich gegen zehn Uhr auf den Weg in die Curanstalt gemacht habe. Ich habe ihm bei unseren »Waldandacht«-Schäferstündchen davon erzählt, daß ich diese Woche mit meinen kalten Bädern beginnen werde. Er war blaß, die Locken sind ihm nach allen Seiten gestanden.
»Miriam, ich flehe dich an«, hat er geschluchzt, »Miriam, geliebte Miriam – glaub' doch niemandem diese Lügen!«
Diese Memme! Wie ein Waschweib hat er sich benommen!
»Hast du schon einen schönen Verlobungsring für deine Leni?«, habe ich ihn nur ganz kühl gefragt.
»Ich werd mich weder mit ihr vermählen, noch wird sie meine Gemahlin werden. Ich will dich! Dich! Hörst du!«
Da der Teufel gerade offenbar putzmunter war, ist natürlich die Mandl just vorbeistolziert. »Brauchst du Hilfe, ma chère?«, hat sie, ganz wild auf neues Öl für ihre Klatsch-Turbinen, gefragt.
»Nein, nein, nichts als ein kleiner Lohndisput mit dem Herrn vom Lawntennis … wir sehen uns am Donnerstag im Curpavillon!«

Als die Mandl endlich eine Wolke war, habe ich noch einmal tief in seine wunderschönen Kohlenknöpfe geschaut und nur, kalt wie ein Mann, gesagt: »Contenance, Herr Rosenberg, Contenance. Ich bin eine verheiratete Frau und nicht eines von diesen Dienstmädl-Amouretten. Also zügle er bitte tunlichst seine Sentimentalitäten, und hör' er auf, sich zu entgleisen.«
Ich war grandios gnadenlos. Und dann habe ich auf meinem Absatz kehrtgemacht und bin zurück in die Villa. Sonst wäre er ja noch zum Äußersten fähig gewesen und hätte sich vielleicht in den Staub geworfen oder ähnlich Albernes.
Mir war nicht mehr nach Bädern. Denn ich wußte in diesem Moment, daß ich nie wieder einen Menschen so lieben werd', wie ich den »Waldandacht«-Georg geliebt hab'.

27. Juli 1910

Meine Koffer sind gepackt. Ich muß zurück nach Wien. Ich warte nur noch auf den Wagen, der mich zum Bahnhof bringt. Wenn er nur wüßte, der Ludwig, daß mir das keine Strafe ist. Keinen Moment mehr möchte ich an diesem Ort verweilen, an dem die Trümmer meines Lebens liegen.
Nur – was wird mit meinem armen Maxl! Er hängt ja doch noch so sehr an seiner Mama.

Ich dachte schon, ich wäre noch einmal davongekommen. Mit Schrammen am Herzen zwar, aber doch irgendwie davongekommen. Wie töricht von mir! Wie unglaublich töricht!
Heute nach dem Mittagessen hat er die Kinder von der Tafel gescheucht und in einem Tonfall unter dem Gefrierpunkt gesagt: »Und mit dir, meine liebe Miriam, habe

ich noch ein Hühnchen zu rupfen ... ich habe mir heute Vormittag nämlich deinen Judenbuben vorgeknöpft.«
Diese Abfälligkeit, diese Herablassung, dabei ist er vom selben Stamm! Das Herz blieb mir stehen. Warum nur konnte ich in diesem Moment nicht einfach tot umfallen.
»Wovon sprichst du, lieber Ludwig?«, habe ich mich dumm gestellt.
»Jetzt beleidigst du mich doppelt – nicht nur, daß du wie ein beduselter Backfisch einem Lawntennis-Lehrer hinterherrennst ...«
»Fische können nicht laufen, Ludwig ...«
Was ritt mich, daß ich diesen Satz loswerden mußte? Wahrscheinlich, da ohnehin jedes Leugnen zwecklos war und ich ihn lieber mit solchen Aperçus aus der Balance bringen wollte.
»... werd' mir jetzt bitte nicht auch noch impertinent. Und beleidig' mich bitte nicht noch einmal. Ich weiß alles ...«
»... von dem kleinen, verleumderischen Miststück?«
»Nun ja, es ist nicht das erste Mal, daß sich deine Arroganz vor allem gegen dich selbst richtet.«
»Ist jetzt der Augenblick, um meinem Charakter schulmeisterliche Lektionen zu erteilen?«
Ich wollte ihm in diesem Augenblick einfach nicht das Opfer geben, obwohl er so, so sehr danach gierte.
»Es wäre einer der vielen Augenblicke, meine Liebe ... aber weißt du, wie dein junges Lackäffchen reagiert hat? Nun ... irgendeine Idee?«
Ich schwieg, etwas anderes fiel mir nicht ein.
»Nun«, fuhr er süffisant fort, »er meinte, nein, er winselte geradezu, daß ich dich freigeben möge, daß ihr zusammengehört. Er würde alles, was ich verlange, tun ... Und? Willst du das?«

»Was redest du da? Natürlich nicht – es war eine kleine Unvernunft, aber nichts von Bedeutung ...«
Als ich mich diesen Satz sagen hörte, betrachtete ich mich dabei wie eine Fremde. Eine Fremde, mit der mich nichts, aber so gar nichts verband – außer einer großen Distanz. Es war mein versteinertes Selbst, das ich da reden hörte.
»Nun gut, ich wußte es. Hast halt dem Judenbub ein bißerl den Kopf verdreht. Mondäne, elegante, erhabene Miriam!«
Es blieb mir nichts anderes übrig als ein sachtes Nicken der Zustimmung. Dem Himmel sei Dank – ich war ihm so gleichgültig, daß er mir dieses Abenteuer verzieh. Mein äußeres Leben, meine Hüllenexistenz schien gerettet – aber nur für kurze Zeit, wie sich gleich herausstellen sollte.
»Du wirst noch heute mit dem Abendzug nach Wien zurückfahren ... es wird dir ja wohl klar sein, daß ich deinen Anblick hier nicht mehr ertrage ...«
Jetzt hatte er es geschafft – in diesem Moment schnappte die Falle zu und ich wurde zum Opfer.
»Ludwig«, sagte ich mit einer kleinen Opferstimme, »Ludwig, du wirst mich doch nicht aus meinem eigenen Haus verjagen ... es war doch nichts als eine Wolkenkraxelei, ohne Hand und Fuß ...«
»Nein, Miriam«, antwortete er mir und sah mich an wie einen schlechtgefertigten Lederstiefel aus seiner Werkstatt, »ich verjage dich nicht aus deinem Haus. Denn dies ist nicht mehr dein Haus ...«
»Aber Ludwig«, habe ich gefleht, »Ludwig – du wirst doch unseren Kindern nicht die Mutter nehmen ...«
»Wie wir am Ende alles regeln werden, wird die Zeit uns schon beantworten ...«
Messerjagd auf mein Herz. Er ist gerissen genug, daß er weiß: Die Ungewißheit wird meine qualvollste Tortur

sein. Ich bin über all meinen Stolz drübergesprungen und auf die Knie gesunken: »Nein, Ludwig, das mußt du mir beantworten, allein du ... bitte, bitte laß' mich bei meinen Kindern, ich bitte dich ...«
Ich hätte ihm sogar in diesem Moment seine Füße geküßt, mich im Staub gewälzt – und dieser Panzermensch genoß mein Malheur so sehr ...
Er sah mich nur kurz und scharf an, dann stand er auf – mit folgenden grausamen Worten: »Das, meine Liebe, hättest du dir früher überlegen müssen. Mein Entschluß steht fest: Du fährst heute nach Wien. Die Olga wird dir beim Packen helfen. Und zwar ohne Gezeter und Geschrei. Und den Kindern sag' ich einmal fürs erste, daß sich ihre liebe Mama nicht wohlgefühlt hat und nach Wien einen Doktor konsultieren gefahren ist.«

Als ich hinaufging, ist mir das Minnerl-Luder mit einem Stapel geplätteter Wäsche entgegengekommen. Sie hat es nicht gewagt, mir ins Gesicht zu sehen.
»Schau' mich an, wenn du die Courage hast«, hab' ich sie angeschrien, »weil ich muß dir nämlich etwas sagen: Du bist gefeuert.«
Ihre Antwort war eigentlich das Schlimmste an diesem Tag.
»Nein«, hat sie ganz frech und selbstsicher gesagt, »nicht ich, sondern Sie sind gefeuert, Gnädigste.«
Und das Allerschlimmste war, daß diese dreiste Person, die mein ganzes Unglück zu verantworten hat, mit dieser Perfidie auch noch recht behalten sollte. Madame Butterfly ...

Mit dieser kryptischen und bedrohlichen Ansage versiegten die Aufzeichnungen der »Miriam Damian, Tochter des Jakob Salzmann, geboren im mährischen Städtchen Freiberg, vormals Pribor, im Jahre 1876«, wie sie so säuberlich wie gehorsam auf die Innenseite des roten Samteinbands unter dem gedruckten Satz »Dieses Tagebuch ist im Besitz von …« notiert hatte.

Mimi sah auf die Uhr. Es war zwei Uhr morgens. Sie war so aufgewühlt wie verärgert. Verärgert deswegen, weil sie jetzt von Miriam in Ungewissheit über den Ausgang ihres Schicksals gelassen wurde. Einen Gedankentakt später schämte sie sich jedoch für diese Ungehaltenheit. Wie versaut war sie eigentlich schon?

Schließlich war Miriam keine gnadenlose TV-Redakteurin, die ihre Klientel mit einem geschmalzenen Cliffhanger in die Nacht schickte, um sie bis zum Beginn der nächsten Staffel bei der Stange zu halten. Kein Quoten-Liliom stellte jetzt aus dem Off mit bedeutsamer Stimme reißerische Fragen wie »Wird Miriam Damian einen Liebestod wie Madame Butterfly sterben? Ludwig gar in die Liebesfalle des Putzluders Minnerl tappen? Und vor allem: Wird der glutäugige Georg um seine große Liebe kämpfen? All das und noch viel mehr erfahren Sie Anfang Herbst in der neuen Staffel von ›Miriam – Sturmfluten des Schicksals‹ auf Ihrem Lieblingssender!«

Nein, das war nicht schlechtes Fernsehen, das hier war Echtleben. Fast fühlte sich Mimi jetzt wie eine charakterschwache Voyeurin, die sich am Drama dieser Frau aus einer versunkenen Welt auflud, um sich ihr eigenes Leben erträglicher zu schaukeln.

Miriam war vierunddreißig gewesen – genauso alt wie sie heute. Für eine Frau der damaligen Epoche nicht mehr ganz jung, aber noch nicht im erotischen Ausgedinge.

Wie mag ihr Leben aber wirklich weiter verlaufen sein? War diese wahnwitzige Sommerliebe der Auftakt für lebenslanges Unglück gewesen? Musste sie später als geschiedene und somit entsorgte Frau als Gouvernante in einem Herrschaftshaus für Kost, Logis und einen kleinen Lohn arbeiten? Oder war der Panzer-Ludwig am Ende des Tages doch über seinen Schatten gesprungen und hatte der Mutter seiner Kinder dieses Abenteuer verziehen? Nicht aus Liebe zu ihr natürlich – für Typen wie diesen Ludwig lief Liebe allenfalls in der Rubrik Charakterschwäche –, sondern, um die Fassade nach außen zu wahren. Lebenslügen waren ja damals, wie man aus den Schnitzler-Dramen weiß, ein bewährtes Bindemittel. Aber das war ein gutes Jahrhundert später eigentlich auch nicht viel anders.

Sie ging noch einmal zum Fenster und zog den Vorhang einen Spalt auf. Alles war ruhig da draußen. Sie hätte sich jedoch nicht gewundert, wenn ihr Miriam Damian plötzlich lächelnd in einem jener Reformkleider entgegengekommen wäre, das sie sich so sehr gewünscht hatte. Und so etwas gesagt hätte wie: »Enchantée, Mimi! Schön, dass wir uns endlich kennenlernen dürfen. Versprechen Sie mir eines: Tun Sie alles, wonach es Sie drängt. Der Wartesaal zum Glück ist auf die Dauer keine gesunde Adresse. Glauben Sie mir das bitte! Mein Leben hätte so schön sein können, wenn ich ein bisschen mehr meine Courage gefunden hätte.«

Ihr Körper stand unter Strom – so sehr lebte sie noch in Miriams Geschichte. Sie sollte erst gegen Morgengrauen einschlafen können. Der Stunde, in der Miriam die paar Mal zur »Waldandacht« gepilgert war – platzend vor Sehnsucht.

Mimi beschloss, am nächsten Tag dorthin einen Ausflug zu machen, einen Gedächtnisausflug für Georg und Miriam.

Georg Rosenberg – vielleicht konnte man den Mann ja googeln, weil er als Pianist in den zwanziger Jahren Furore gemacht und im weiten Land der Konzertsäle den zergehenden Frauen reihenweise die Köpfe verdreht hatte, um sie danach ins Unglück einer unerfüllten Liebe zu stürzen.

Und – dieses Rätsel hatte sie in der Aufregung noch gar nicht bearbeitet – wie war Tante Lou zu dem Protokoll der »amour fou« von Miriam Damian gekommen? Bestand zwischen den beiden Frauen irgendeine Verbindung? Es war eher unwahrscheinlich, dass sie sich leibhaftig begegnet waren, schließlich war Lou Baujahr 1927 – rein theoretisch jedoch möglich.

Vielleicht war aber hier nur der Zufall im Spiel und Lou hatte bei ihren Pirschgängen in diverse Antiquariate und auf Flohmärkte dieses Fundstück ergattert. Sie hatte es nämlich geliebt, Spurensicherungen von früheren Leben zu betreiben, wie man an ihrem verstaubten Archiv sehr deutlich sehen konnte.

Das schnoddrige Zitat von Katharine Hepburn »Natürlich glaube ich an die große Liebe. Man sollte sie in jedem Fall öfter erleben«, das sich Lou immer wieder geborgt hatte, war doch wahrscheinlich nichts anderes als eine Schutzbehauptung gewesen. Für Lou war die große Liebe der mysteriöse, unaussprechliche Franzose gewesen, dem sie ihr ganzes Leben lang stumm nachgetrauert hatte. So wie wahrscheinlich Miriam ihrem Lawntennis-Pianisten den Rest ihres Daseins nachgeseufzt hatte.

Vielleicht war das ja das Verbindungsstück zwischen den beiden Frauen – die Trauer um ungelebtes Leben.

Und Mimi selbst? Konnte sie sich nicht nahtlos in die Reihe stellen? Mit ihrem Anton-Leben? In tödlicher Kombination mit dem Schnulzen-Fließbandjob. Oder war das nichts anderes als Unglück auf sehr hohem Niveau?

Aber Unglück bleibt Unglück. Sie musste lächelnd an jenen Satz denken, den sie einer französischen Wein-Herzogin, die mit bösen Take-over-Ambitionen auf Besuch in die »Irrwege« gerauscht kam, in den Mund gelegt hatte: »Nirgends wird so laut geweint wie in einem Rolls-Royce.«

Irgendwann schlief sie dann doch ein.

Es war gegen halb elf, als sie aufwachte. Da es ein Wochentag war und die Schulferien noch nicht begonnen hatten, war es erstaunlich ruhig und friedlich im Bad. Die Luft war rein. Keine Lilly Lippburger weit und breit, die sie in einem neuen, schrägen Capri-trifft-Saint-Tropez-Outfit abpasste und mit ihren hormonellen Abenteuern vom Vortag zutexten wollte. Wahrscheinlich musste sie doch einmal eine Stippvisite bei ihrem Gatten machen. Auch das Problempärchen, bestehend aus Susi und Günther, schien wieder seiner Erwerbstätigkeit nachzugehen.

Versteckt unter ihrer großen, schwarzen Sonnenbrille wanderte Mimi nach unten und setzte sich an einen der Restauranttische am Rand des Quellbeckens. Sie schloss die Augen und genoss die Wärme der Sonne auf ihrem Gesicht.

Drinnen im Restaurant herrschte geschäftiges Treiben. Kellner schwirrten auf und ab und drapierten weiße Tischtücher über einen Buffetaufsatz; neben der Bartheke balancierte ein Elektriker auf einer Leiter und mühte sich dabei ab, die Designer-Hängeleuchten in den richtigen Abständen zu montieren. Leise, aber doch für jedermann im Raum hörbar, zischte er eine monotone Fluchkette: »Na so a Schas, na so a Schas, aber was des wieder für a Schas is'.«

Offensichtlich wurden hier schon fieberhafte Vorbereitungen für das Fest am nächsten Abend getroffen.

Frühstück also, aber das volle Programm. Sie bestellte bei einem Kellner mit wasserblauen Augen, der offensichtlich fand, übertriebene Freundlichkeit dem Gast gegenüber käme einem Verrat an sich selbst gleich.

Erstmals nach langer Zeit fühlte sich Mimi wieder hungrig, so angenehm normal hungrig. Wahrscheinlich, weil sie nicht fürchten musste, dass da ein Anton in der Nähe auf der Pirsch lag, der sie sofort mit irgendeiner von seinen selbst gezauberten Köstlichkeiten zwangsbeglücken und ihr ein Wildlachs-Avocado-Tramezzino oder ähnlich Extravagantes in den Rachen schieben wollte. Die Freiheit von dieser Angst, ständig von ihm »bekümmert« zu werden, hatte ihren Appetit wiederhergestellt. Am meisten nervte sie jedoch der erwartungsvolle Blick, der Antons Offerten regelmäßig folgte, diese stille, aber deswegen keineswegs dezente Forderung nach Applaus für das jeweilige Kunststück.

Aber wie sollte es mit Anton und ihr weitergehen? Es gab eigentlich keine Ausreden für Arrangements. Schließlich war sie nicht in eine Miriam-Epoche hineingeboren worden, in der eine glücklose Ehe einem ausbruchsgesicherten Gefängnishochtrakt gleichkam. Und eine Trennung Frauen ins soziale Abseits manövrierte. Ihre Fallhöhe war vergleichsweise ein Waldspaziergang. Sie konnte gehen. Nur – wohin?

In diesen idiotischen Glücks-Ratgebern, bei deren bloßem Anblick sie sich schütteln musste, stand dann immer so eine Binse wie »Begeben Sie sich doch auf die lange Reise zu sich selbst«. Und was, wenn dort niemand zu Hause ist, ihr Schlaubärlis? Wenn Mimi die Augen zukniff, konnte sie sich dazu die darin blätternden Frauen in den Selbsthilfe-Höllen der Buchhandlungen vorstellen: viele mit roten Brillen, so praktischen Kurzhaarfrisuren und wallenden Kleidern aus grobem Leinen in positiven Farben, die Buddha-Statuen und Duftkerzen in ihren Wohnungen stehen hatten. Nein, danke, noch nicht. Und hoffentlich nie.

Sie schnappte sich eines von den zerfledderten Gossip-Magazinen, die jemand auf dem Stuhl liegen hatte lassen. Die Befindlichkeits-Achterbahnen der Promis waren ja inzwischen zu einem richtigen Industriezweig mutiert. Und die Headlines waren eigentlich Spitzenklasse – fantastische, inspirierende Gebrauchspoesie! »Poor little rich girl – wie Suri zur Modepuppe getrimmt wird und dabei ihr Lachen verlernt«, stand da zu lesen. Oder: »Die Einsamkeit hat ein Gesicht: Es ist schön, es ist traurig, es ist Heidi!« Und Obacht, Missis Aniston: »Wie kaputt ist Jen? – So vergrault sie Hollywoods beste Männer.«

Sie beschloss, diese Magazine öfter zu konsultieren, vielleicht waren sie ja eine bis dato unterschätzte Inspirationsquelle für die Schicksalsüberflutungen des »Irrwege ins Glück«-Personals.

Im Wasser war nicht viel los. Eine ältere Dame mit einer fett beblumten Gummibadehaube durchpflügte in schnellen Brusttempi und mit einem glücklichen Grinsen der Länge nach das Becken. Zwei schnittige Mitsechziger hatten ihr Kraul-Pensum bereits auf sportlich würdige Art absolviert und kletterten langsam und dabei angeregt gestikulierend die Holztreppe hoch. Der eine, ein hochgewachsener, sehniger, aber ein schon reichlich verwitterter Beau Marke Klaus Wildbolz, griff sich einen besonders auffälligen Bademantel von der Holzbank neben dem Becken – wildfarbiges Streifendesign. Mimi tippte auf Missoni, achthundert Euro Minimum, die Badeschlapfen rochen intensiv nach Prada. Ein betagter Fashionista, der auch noch ordentlich Dreck im Auge hatte. Denn sobald er trocken genug war, taxierte er Mimi mit einem fachkundigen Blick. Sie senkte den Blick und tat so, als ob sie sich mit aller Kraft auf ihre herausfordernde Lektüre konzentrierte.

Das hielt ihn jedoch nicht davon ab, sich mit seinem Freund am nächstgelegenen Tisch einzuparken. Dem Freund schien dieser schnittige Schick kein echtes Anliegen zu sein; er war in rebhuhnfarbenes Frottee gehüllt und wirkte wie ein gütiger, aber dennoch, wenn es sein musste, strenger Landschuldirektor knapp vor der Rente. Und mit völlig sauberen Augen. Er lebte wahrscheinlich seit vierzig Jahren in einer unaufregenden, aber zuverlässigen Ehe mit einer Geographie- und Geschichteprofessorin, die Eigentumswohnung war schon lange abbezahlt, Lieblingsgericht: Putengeschnetzeltes im Reisring. Schätzte Mimi jetzt einmal. Es war eine Berufskrankheit, dieses Charakter-Jogging, wie sie es nannte. Mimi konnte in keinem Wartezimmer und an keinem Flug-Gate sitzen, ohne sich in die Biographien mancher Menschen hineinzufantasieren. Die unscheinbarsten waren dabei immer die größte Herausforderung.

Es sollte keine Chance geben, dem Gespräch der beiden Herren auch nur irgendwie zu entkommen. Denn abgesehen von der räumlichen Nähe zu Mimi litt der Landschuldirektor ganz offenkundig an einem Hörproblem. Was Mr. Flott dazu bewegte, besonders laut zu reden und dabei seinen Mund bei jedem Wort entsprechend übertrieben zu formen, als hoffte er, dass die Möglichkeit des Lippenlesens seinem Gegenüber die Angelegenheit wesentlich erleichtern könnte.

»Na, wie geht's zu Hause«, fragte der schnittige Senior.

»Mhm … eh alles wie immer. Nur hat sie es mit den Knien …«

»Wer? Die Gerlinde?«

»Was ist mit der Linde? Hier gibt's doch gar keine Linden. Das sind doch Kastanien, oder?«

»Vergiss es. Trinken wir einen Aperol?«

»Nein, wirklich nicht. Um diese Zeit nicht … also in Wahrheit eigentlich gar nicht. Das geht mit meinem Reflux nicht mehr.« Der mutmaßliche Schuldirektor schüttelte jetzt rechtschaffen traurig den Kopf.

»Einen Schwarztee«, sagte er mehr als betrübt, als die wasserblauäugige Charmeoffensive die Bestellungen aufnahm.

»Und was gibt's bei dir Neues?«, fragte er seinen Kumpel. In seiner Stimme schwang die Hoffnung auf Erzählungen voller Glamour und Aufregung, die ihn von der Ereignislosigkeit seiner gemütlichen Existenz ablenken konnten.

Der Kumpel lächelte und betrachtete mit Wohlwollen, aber doch kontrollierend, seine ohnehin perfekt manikürten Fingernägel: »Pfoohhh … ich komm' ordentlich dran, alter Schwede!«

»Tja, wärst halt in deiner Altersklasse geblieben, da geht's ganz pomali zu.«

Jetzt neigte sich Mr. Flott verschwörerisch zu Herrn

Biedermann und raunte: »Du hast ja keine Ahnung, wie das ist … so ein junges Geschöpf. Mit dieser elastischen Haut. Und diesen herrlichen unoperierten Brüsten. Man weiß ja schon gar nicht mehr, wie sich sowas angreift, so ganz unoperierte Brüste.«

»Ich schon, glaube mir, ich schon …«

Jetzt wurde Mimis Lauschangriff durch das Servieren ihres Kingsize-Frühstücks gestört. Der wasserblaue Beau hatte sich sogar dazu hinreißen lassen, mit zwei pfirsichfarbenen Rosen in einer Vase auf dem Tablett zu punkten. So hatte man es gern. Seine anfängliche Missmutigkeit schien plötzlich völlig verflogen. Wahrscheinlich hatte er selbst geschnallt, dass seine schlechte Laune nicht wirklich auf den Menüplan gehörte. Er donnerte jeden Teller, den er vom Tablett auf den Tisch stellte, mit einer stolzen Ansage an: »Und hier der frische Fruchtsalat«, oder »Jetzt noch das noch frische Gebäck-Körberl.«

Mimi schickte ihm ihr schönstes Christine-ist-im-Glück-Lächeln. Sie musste innerlich kichern, weil der junge Mann sich plötzlich dermaßen ins Zeug legte. Und das Wort »frisch« so gerne benutzte – wie so viele Lokal-Helden. Auch auf den Tafelständer vor dem Eingang hatte jemand ein eindringliches »Frischer Spargel!!!« gekritzelt. Eigentlich eine reichlich überflüssige Zusatzinformation, denn von Frische sollte man eigentlich im Gastronomiewesen ausgehen dürfen.

Aber wie ging es am Nebentisch weiter? Sie spitzte die Ohren. Auch so eine Berufskrankheit, die sie sich nicht abgewöhnen konnte: sich an fremden Leben als Zaungast die Nase platt zu drücken.

»Das ist ja schrecklich«, sagte der Biedermann, und ungespieltes Entsetzen verlieh seinem sonst so langweiligen Gesicht eine interessante Note.

»Ja, ist es. Sie will es einfach nicht wahrhaben. Macht in totaler Realitätsverweigerung.«

»Aber wie soll das jetzt weitergehen? Das klingt ja wie ein Horrorfilm …«

»Manchmal komm' ich mir eh so vor … Oder wie in einer schrecklichen Seifenoper. Die paar Mal, wo ich nach Hause komm', um mir frische Wäsche zu holen, sitzt sie am Frühstückstisch, als ob nichts wär' …«

»Gespenstisch!«

»… und fragt mich ganz freundlich: ›Brummbärli, magst du dein Ei so wie immer?‹ … Die ganze Geschichte mit mir und der Jessica wird nicht einmal erwähnt, totgeschwiegen.«

Jetzt wurde Mimi stutzig. »Brummbärli« hatte doch auch Lilly ihren Gatten genannt. Aber hatte sie nicht erwähnt, dass er nicht gern schwamm. Dieses Brummbärli jedoch kraulte wie ein Weltmeister.

Der Brave brach jetzt eine Lanze für die gehörnte Ehefrau: »Na ja, du musst ihr ein bisserl Zeit geben. Es ist schon schwer, so etwas nach dreißig Ehejahren zu akzeptieren …«

»Dreiunddreißig, um genau zu sein. Lange dreiunddreißig Jahre, mein lieber Erwin.«

»Aber ihr hattet doch auch schöne Zeiten …«

»Ja, natürlich, aber die kannst' an einer, na ja, zwei Händen abzählen. Sie kann einfach nicht in Würde alt werden. Dieser Beauty-Wahn … das ist ja schon knapp nach ihrem vierzigsten Geburtstag losgegangen, aber mit vollem Karacho … Da hat sie sich gleich einmal die Augen machen lassen und die volle Spritztour … um tausende Euros.«

»Na ja, was für Frauen dieses Botox ist, ist eben für uns alte Knacker so ein junges Gspusi …«

Jetzt musste der Missoni-Bademantel entscheidend widersprechen: »Erwin, das siehst du völlig falsch. Die Jessica ist kein Gspusi, die Jessica ist meine große Liebe. Ich möchte jeden Tag neben ihr aufwachen, ich möchte der Vater ihrer Kinder sein, ich möchte mit ihr alt werden.«

Nach einer kurzen Nachdenkpause prustete Herr Rebhuhn los: »Alt werden? Du bist wirklich ein Schlager! Alt sein, Brummbärli ... Und: Bitte tu' keinen Kindern einen fast siebzigjährigen Vater an!«

Brummbärli fand das nur in Maßen komisch. Er schickte Mimi, der auch ein kaum gebremster Lacher entglitten war, einen tadelnden Blick.

Sein Kumpel wollte ihn jetzt wieder versöhnlich stimmen: »Sie wird sich schon wieder einkriegen ...«

Brummbärli machte jetzt mit einer Hand eine Geste, die das radikale Gegenteil von Zuversicht signalisierte.

»... doch, doch, wirst schon sehen! Was ist eigentlich mit eurem Häuschen da oben?« Er blickte in Richtung Föhrenwald.

»Das lass' ich ihr. Und auch das Haus in Baden. Sie wird nicht hungern müssen. Schließlich ist man kein Unmensch ...«

»Entschuldige bitte, die Frau hat mit dir über fünfundzwanzig Jahre dein G'schäft aufgebaut. Ohne sie hättest' vielleicht gar keine Vertretungen für diesen Lauren und den Minotti ...« Erwin war ja ein echter Frauenversteher, wirklich lobenswert.

»Missoni ... Erwin, ich bin im Fetzengeschäft ... Und ehrlich gesagt: Ich muss nicht, ich kann. Sie war ja nie angestellt bei mir und ist immer so mitgelaufen ... Also, wenn sie sich stur stellt und nicht in die Scheidung einwilligt ...« Es folgte ein unheilvoller Blick.

»Und was ist, wenn sie sich was antut?«

»Angeblich ist sie stabil. Sagt ihr Psychiater. Aber ich kann das ja nicht überprüfen. Sie behauptet auch, dass sie ihre Medikamente nimmt.«

»Aber sicher kann man da nie sein … Das musst du immer bedenken. Hast du sie heute zu Hause gesehen?«

»Nein, ich war aber nur ganz kurz dort. Sah alles ziemlich unberührt aus. Wahrscheinlich hat sie in der Kabane geschlafen.«

Die Charmeoffensive servierte jetzt den Tee und den Aperol.

Brummbärli erhob sein Glas, froh, endlich eine Gelegenheit zu kriegen, um die lästigen Altlasten seines früheren Lebens wegzuschieben: »Auf den Sommer! Und den Rest unseres Lebens!«

»Der genau jetzt beginnt«, antwortete Erwin gehorsam, als ob es sich bei diesem Trinkspruch um einen ritualisierten Standard zwischen den beiden handelte, und prostete ihm mit der Teetasse zu.

In Mimi arbeitete es fieberhaft. Was war, wenn es sich bei der besprochenen Demnächst-Exfrau wirklich um Lilly handelte? Jener Lilly, die behauptete, dass ihr Mann keinen Schritt ohne sie tun wollte und sie jeden Mittag mit ihm essen müsste? Möglicherweise lebte die Waldkönigin ja wirklich in einer Wahnwelt. Aber vielleicht waren das ja alles auch nur Schutzbehauptungen, um den Schmerz dieser Demütigung erträglicher zu machen. Eine Art Abfederung für die Wirklichkeit.

Warum konnte Mimi das nur so gut verstehen? Wahrscheinlich hatte ihr seelisches Asyl im Bad, das ihr Tante Lou ja irgendwie posthum geschenkt hatte, auch die Funktion eines Schutzwalls vor ihrer Realität. Sie musste unbedingt mit der Waldkönigin reden. Aber erst einmal herausfinden, ob sie sich nicht umsonst den Kopf zerbrach … und diese ominöse Dame, die Mr. Flott so Kopfweh bereitete, zu einer ganz anderen Baustelle gehörte.

Sie sammelte ihren Mut, stand auf und ging zu dem Tisch der beiden Herren. Sie lächelte tapfer und sagte nur: »Herr Lippburger?«

Der Missoni-Bademantel nickte: »Kennen wir uns?«

»Nein, noch nicht«, piepste Mimi in einer Stimme, die Anton mit dem Begriff »Regression im Dienste des Ichs« beschreiben würde, »ich bin eine Freundin von Jessica … und ich habe …«

»Uns belauscht?«, polterte er jetzt gönnerhaft.

»Es war nicht ganz freiwillig … aber ich wollte nur wissen, ob … Jessica hat mir ja schon so viel von Ihnen erzählt.«

»Wie heißen Sie? Jessica kommt nämlich zu Mittag hierher. Vielleicht könnten wir ja alle gemeinsam …«

»Danke, das ist sehr lieb. Aber ich habe leider berufliche Verpflichtungen.« Sie hob die Hand: »Also dann, war schön, Sie kennenzulernen.«

Sie machte auf dem Absatz kehrt, nahm ihre Geldbörse vom Tisch und ging rasch ab.

»Junge Frau, warum so hastig? Wie heißen Sie denn überhaupt?«, hörte sie den Lippburger hinter sich her rufen.

Beim Stiegenaufgang auf Kinderbecken-Höhe spürte sie eine Hand auf ihrer Schulter. Sie gehörte dem etwas außer Atem geratenen Servier-Beau.

»Hat's Ihnen nicht geschmeckt?«

Mimi lächelte ihn hilflos an.

»Weil Sie ohne Zahlen gegangen sind?«

Sie nahm hastig einen Fünfziger aus ihrer Börse: »Bitte, verzeihen Sie … ich musste nur schnell flüchten, ein Notfall …«

»Das kann jeder sagen … Sie müssen mit mir runter wegen dem Restgeld.«

»Nein, nein, bitte behalten Sie's. Fluchtzuschlag.«

Jetzt grinste er versöhnlich: »Was war denn da unten so schrecklich? Haben die Herren Sie belästigt?«

»Nicht direkt …«

»Also … wovor mussten Sie so dringend fliehen?«

»Nur vor der Realität. Und bitte denken Sie nicht allzu schlimm von mir.«

Sie bemühte noch einmal den Blick »Verwundetes Bambi« oder auch »Frühe Lady Diana« aus ihrem Weibchen-Repertoire und lief die Stiegen hinauf zu den Kabanen.

Sie musste Lilly finden. Sie hatte gar kein gutes Gefühl. Aber vielleicht saß sie ja schon oben – aufgebrezelt wie eine Love-Parade-Kutsche, nippte an ihrem ersten Launemacher auf Wacholderbeeren-Basis und polterte: »Mimi, mir ist sooo langweilig, wie wäre es mit einer kleinen Runde Backgammon?« Es wäre so sehr zu hoffen.

Doch da oben war alles still. Lillys Haus war verschlossen, und auch die Nachbarn hatten sie heute noch nicht gesehen.

Wo konnte sie nur sein, wenn sie auch nicht zu Hause Ehenormalität spielte? Langsam wurde Mimi richtig mulmig. Psychiater, Medikamente, stabil, nicht stabil … Das klang alles andere als beruhigend. Sie hatte einfach nicht die Nerven, hier jetzt eine mögliche Katastrophe abzuwarten.

Sie beschloss loszufahren und Lilly zu suchen. Vielleicht war sie ja noch in dieser kleinen, schäbigen Pension in Bahnhofsnähe. So viele Pensionen von der Sorte würde es ja wohl nicht beim Bahnhof geben, schließlich war man hier in einer Kleinstadt, noch dazu in einer sehr kleinen Kleinstadt.

Lilly Lippburger betrachtete in diesem Moment ihr sorgfältig überschminktes Gesicht in dem schon ziemlich trüben Spiegel – zuerst nah, dann rückte sie in eine etwas gefälligere Distanz. Sie schürzte die Lippen zu einem Ausdruck der Verführung und notierte geistig, dass sie sich noch heute einen Termin ausmachen musste – für einen saftigen Hyaluronsäureangriff. Diesen Rüscherlfalten am Lippenrand musste der Krieg angesagt werden. Kein Wunder, dass ihr der junge Schnösel gestern in letzter Minute abgesagt hatte. Aber vielleicht würde er doch noch seine Meinung ändern. Und mit einem kindsgroßen Überraschungsblumenstrauß hier aufkreuzen – verlegen und voller Reue, dass er sein erotisches Glück so mit Füßen getreten hatte. Dabei hatte sich der Mailverkehr mit ihm so fantastisch angelassen. Er wirkte sogar richtig romantisch, der kleine IT-Berater mit dem Knautschzonen-Gesicht und der Belmondo-Nase – nicht nur an einer schnellen Affäre interessiert, sondern mit echten Ambitionen für was Dauerhaftes.

»Es ist wirklich allerhöchste Zeit, unsere Beziehung zu konsumieren«, hatte sie ihm kurze Zeit vor ihrer Verabredung gesmst, »ich kann es kaum erwarten.«

Vielleicht hatte ihm das Wort »konsumieren« Angst gemacht. Oder es wäre vielleicht mehr Zicken angebracht gewesen. Im Vorfeld darf man einfach nicht schon so aufs Gas treten. Und auch nicht gleich alle

Pforten bereitwillig öffnen. Hättichwaratichtätich … das alte Konjunktiv-Schlamassel. Aber dass ihr ein solcher Anfängerfehler noch in ihrem Alter unterlaufen musste!

»Fetzendeppert, aber wirklich, Lillyfee«, hätte ihre Mutter in einem solchen Fall gesagt. Die liebe Mutti! Jetzt, wo der Otto seine verspätete Midlife-Crisis partout ausleben musste, hätte sie sie so gerne als Stütze an ihrer Seite gehabt.

Bis zwei Uhr sollte er seine Chance noch kriegen, der IT-Trottel. Und sich überzeugen dürfen, dass sie in Wirklichkeit eine noch viel größere Wucht war als auf dem Profilfoto. Ok, das Bild war nicht mehr ganz aktuell und vielleicht zwei, drei Jährchen alt. Aber – sie blickte noch einmal aus größtmöglicher Nähe auf ihr Spiegelbild – der Unterschied war, Botox sei Dank, nicht einmal für die größten Beauty-Spezialisten auszumachen. So ein Depp!

Langsam kroch ihr doch die Wut in der Halsgegend hoch. Sie betrachtete das sündhaft teure fliederfarbene Nachthemd mit den Chiffon-Trompeten-Ärmeln, das sie für ihr frivoles Abenteuer gewählt hatte. Ohne Ärmel ging nun einmal leider nichts mehr. Da konnte man sich noch so sehr in dieser Pilates-Folterkammer das Äußerste am »Reformer« abverlangen.

»Nein, Lilly, jetzt ist Schluss, man kann die Sache auch wirklich übertreiben«, hatte die Frau Doktor ganz streng gesagt, als sie ihr zaghaft den Vorschlag unterbreiten wollte, das Schlabbrige an den Oberarmen einfach wegzumachen.

Paradox! Wollte doch die Dame, die mit Sicherheit keine Möglichkeit an sich selbst ausließ, kein Geschäft machen! Die Pracht ihres Nachthemds – was heißt da

Hemd, Nachtrobe würde besser passen – machte ihr diese Niederlage noch schmerzlicher bewusst.

Sie erinnerte sich an den halbstündigen Diskurs, den sie mit der Verkäuferin bei »Rosita« auf der Kärntner Straße geführt hatte, ob sie sich für den Minzton, die Peach-Variante oder eben Flieder entscheiden sollte. Sie waren sich schließlich einig geworden, dass Flieder zu ihrem Kastanienhaarton am besten passen würde.

Himmel! Die Kastanie war widerspenstig und ein bisschen verrutscht. Schnell wieder zurechtrücken. Schließlich sollte der junge Schnösel nicht gleich merken, dass sie mit ein paar kleinen Helferlein in die Schlacht zog. Das war ja nicht verboten. Und eigentlich zum Besten für alle Beteiligten.

Sie musste einen Weg finden, diesen Belmondo für Arme einzukassieren. Ganz, ganz dringend. Hoffentlich passte er auch von der Größe und war nicht so ein Laufmeter. In diesem Fall würden nämlich auch die zwanzig Jahre kürzer gelebtes Leben dieses Knautschgesichtes ihren Trophäenzauber verlieren. Ein Stummel-Mann an ihrer Seite wäre für die ganze Mission sinnlos. Um den würde sie nämlich niemand beneiden. Darum ging es auch, aber vor allem drehte sich der ganze Aufwand darum, das Brummbärli aus der Gleichgültigkeit zu locken. Schließlich sollte der nicht glauben, dass seine Lilly auf dem freien Markt keine Meter mehr machen konnte. Wenn man den Otto in seinem Mannesstolz durch so einen jungen Gockelhahn kränkte, würde er sicherlich vor Eifersucht rasen – und diese dumme Pute Jessica in der Sekunde an Bedeutung in seinem Leben verlieren. Und damit würde auch diese elende Zweidrittel-Life-Crisis, denn von Midlife konnte ja in Ottos Fall wirklich nicht mehr die Rede sein, zu einem vorschnellen Ende kommen. Diese verfluchte und fetzendepperte Crisis, durch die ihr ihr ganzes Leben unter den Füßen weggezogen werden sollte.

Nein, nicht mit Lilly, der Waldkönigin, der doch das ganze Bad zu Füßen liegt. Die hat Kampfgeist, die lässt sich nicht wie ein Schaf auf den Schlachtblock führen! Und wenn er nicht zur Vernunft kommen will, wird man dann natürlich zu härteren Methoden greifen müssen. Da ist dann vielleicht sogar ein Selbstmordversuch gefragt, der nicht zu zögerlich und verhalten wirkt. Ein kleines Blutbad wird einem da nicht erspart bleiben. Wenn er kein Herz aus Stein hat, wird er die Verantwortung, den geliebten Lebensmenschen in ein solches Unglück gestürzt zu haben, sich nicht aufbürden wollen. Mit Sicherheit nicht!

Es klopfte. Lillys Herz pochte wie wild, Adrenalinüberflutung volle Kraft voraus. Also, warum denn nicht gleich, dachte sie sich, jetzt hat der kleine IT-Trottel endlich kapiert, dass man eine Dame von Welt nicht einfach so behandeln kann. Noch zwei, drei Minuten sollte er schwitzen. Schließlich hatte er sie auch so gnadenlos auf die Folter gespannt. Sie schwitzte übrigens auch, deswegen tauchte sie die Quaste in den mitgebrachten Pudertiegel. Oh, verdammt, ein bisschen zu viel erwischt. Hörte sie jetzt richtig? Trat da jemand gegen die Tür? Jetzt konnte er es wohl gar nicht mehr erwarten, der kleine Racker. So ein Wilder!

Als Lilly die Tür öffnen wollte, krachte ihr Mimi entgegen, die sich in ihrer Panik, dass ihrer neuen Freundin etwas passiert sein könnte, mit voller Wucht gegen das Kunstmahagoni geworfen hatte. Sie konnte nicht mehr abbremsen und schleuderte die Waldkönigin aufs Bett.

Da lag sie nun, mit verrutschter Perücke und in einem Alptraum von einem fliederfarbenen Fummel.

Mimis Hand schmerzte, bei dem Aufprall musste sie sich das Gelenk geprellt haben. Es war eine Szene wie aus einem Klamaukfilm – so in der Art von »Ohne Krimi geht die Mimi nie ins Bett« mit Heinz Erhardt. Sie sahen sich an und mussten gleichzeitig losprusten. Mimi konnte gar nicht mehr aufhören zu lachen, so sehr war sie erleichtert, dass die Waldkönigin zwar völlig bescheuert aussah, aber dabei quietschlebendig war. Sie setzte sich neben sie auf das Bett, nahm sie an der Hand und sagte: »Was macht eine Frau in so einem tollen Kleid an einem so beschissenen Ort? Das geht ja gar nicht! Komm', Waldkönigin, lass' uns abhauen in dein Reich, wo die Sonne nie untergeht.«

Lilly protestierte sanft, schließlich wollte sie diesem Internet-Flegel noch eine Chance geben, aber Mimi ging überhaupt nicht darauf ein. Sie ordnete ihr an, sich umzuziehen, denn »bei so viel Glamour in Flieder würden die anderen Badegäste wahrscheinlich kollabieren«.

Lilly gehorchte und schlüpfte in ein azurblaues Seidenkleid, um das sie sich einen hellorangenen Hermès-Gürtel schnallte. Mimi stellte keine Fragen, sondern tat so, als wäre es die selbstverständlichste Sache der Welt, Madame Lippburger in schäbigen Pensionen in Bahnhofsnähe einzukassieren. Das hatte sie vorher mit Anton telefonisch besprochen – man durfte Menschen in Wahnzuständen nicht davon überzeugen wollen, dass sie sich irrten und die Realität eigentlich ganz anders aussah. Das machte sie nur noch trauriger oder eben aggressiver – je nachdem.

Anton hatte überaus freundlich und sanft reagiert, als sie ihn in ihrer Verzweiflung angerufen hatte. Und dankenswerterweise keine langweiligen Fragen gestellt, wann Mimi endlich wieder Vernunft anzunehmen und ihr Thermenbad-Exil abzubrechen gedenke. Wahrscheinlich war er inzwischen zu der Überzeugung gekommen, dass auch Mimi von der Rolle war und deswegen höchste Toleranzstufe angesagt war. Aber auch das war Mimi zurzeit herzlich egal. Hauptsache, sie hatte Zeit für sich, in die ihr niemand hineinpfuschte.

Es herrschte ein Riesenhallo in der nahezu voll besetzten Kabanenstraße, als Mimi mit Lilly Lippburger an ihrer Hand wieder eintrudelte. Lilly neigte ihren Kopf wohlwollend nach links und nach rechts und hob ihre Hand zu einem verhaltenen Winken, als ob sie bei der Queen von England einen Crashkurs über den huldvollen Umgang mit Untertanen absolviert hätte.

»Etikette, bis das Blut gefriert«, hatte einmal die Kurzcharakteristik eines abtrünnigen Butlers von Elizabeth II. über seine frühere Dienstgeberin gelautet. Und auch die Waldkönigin kannte sich in dieser Disziplin offensichtlich gut aus. Die Wahrung der Fassade als oberste Lebensprämisse – selbst wenn man dabei langsam am Stand durchzudrehen beginnt. Was für ein durch und durch deprimierendes Lebensmotto.

Mimi beschloss insgeheim, sie in der nächsten Zeit nicht mehr sich selbst zu überlassen und sie auch nicht mit der Tatsache, dass sie ihren fremdgehenden, zukünftigen Ex ein paar Stunden zuvor kennengelernt hatte, zu überfordern. Sie begleitete Lilly zu ihrem Häuschen und hatte dort auch gleich eine zündende Idee für eine Beschäftigungstherapie.

»Lilly, ich brauche dich ganz dringend!«, erklärte Mimi, während die nach ihrem Schlüsselbund nestelte.

»Wo brennt's denn, Darling!«

»Morgen ist doch dieses Fest …«

»Oh Gott, wie konnte ich das nur vergessen! Mon dieu! Und ich habe nichts anzuziehen. Ich muss unbedingt nach Wien zum Shoppen fahren. Ich dachte an was Dramatisches von Valentino! Was hältst du von einem satten Kirschrot?«

Endlich hatte sie ihren Schlüssel gefunden und öffnete die Tür. Mimi registrierte, dass die Wodka-Flasche von ihrem Ein-Rettungsring-für-Susi-Abend nahezu leer auf dem Couchtisch stand.

Mimi betrachtete den Kleiderwald und seufzte nur.

»Was seufzt du denn, Kleines?«

»Achtung, Achtung, hier spricht die Vernunfts-Polizei! Und die sagt: Ein Kleid mehr oder weniger wird dich nicht glücklich machen. Von den Fummeln, die hier hängen, könnte ein ganzes Waisenhaus für ein halbes Jahr leben.«

»Gesetzt den Fall, dass die armen, kleinen Waisenknirpse gerne Pucci oder Yves Saint Laurent essen, mein Schatz. Ach, sei doch nicht so schrecklich vernünftig. Vernunft macht alt. Wie läuft's eigentlich mit deinem Gatten?«

»Unsere Ehe ist auf Pause-Taste gedrückt. Ich weiß ehrlich gesagt nicht, wie's weitergehen soll.« Mimi zögerte kurz. Jetzt wäre eigentlich ein guter Moment, um Lillys Beziehungslüge zu thematisieren. Ganz sanft natürlich und vorwurfsfrei. Aber als sie in Lillys Gesicht sah, brachte sie es doch nicht über das Herz. »Könntest du mir was Schickes borgen für morgen Abend? Ich habe keine Lust, nach Wien zu fahren. Und endlose Grundsatzdiskussionen mit Anton zu führen.«

Jetzt schoss der Waldkönigin sichtbar die Lebenslust

ein. Sie hob dramatisch die Hände in die Höhe: »Was für eine Frage! Natürlich, und gerne auch noch. Wenn es im Wiener Becken eine Adresse für Styling-Beratung gibt, dann hast du kleines Trüffelschweinchen sie gefunden. Wonach ist dir, Mäuschen?«

Mimi zuckte hilflos die Achseln: »Vielleicht etwas nicht allzu Pompöses. Ich bin einfach nicht der Typ für dramatische Kleider – im Gegensatz zu dir …«

»Würdest du bitte der Waldkönigin die Entscheidung überlassen, was du für ein Typ bist? Zieh' einmal dieses Zeug aus.«

Gehorsam schälte sich Mimi aus ihrer mausgrauen Jogging-Panier, die Lilly mit unverhohlenem Ekel musterte, und bekam einen aquamarinfarbenen Seidenkimono übergeworfen. Die nächsten zwei Stunden waren Tussi-Festspiele angesagt. Lilly zeigte Mimi die heimlichen Juwelen, offiziellen Herzstücke und absoluten Highlights ihrer Garderobe. Und kreierte für jedes Stück noch das richtige Accessoire-Arrangement. Neckische Tüllröschen in allen Regenbogenfarben, exzentrische Vintage-Klunker von Yves Saint Laurent, Pucci-Schals, die übersät waren mit sorbetfarbenen Paisley-Mustern, Satin-Clutches in knalligen Bonbon-Tönen, schwere Goldkreolen mit den Chanel-Initialen, Stiletto-Heels mit Plexiglasabsätzen, flache Riemchensandalen mit Edelsteinverzierungen und was man sich sonst noch an entzückenden Unsinnigkeiten nie vorzustellen wagte. Alles irrwitzige Manifeste einer groß angelegten Konsumkompensation für die erlittenen Schmerzen, dachte Mimi. Prada gegen den Wundbrand. Eine Heilpraktik, die unter den traurigen Frauen der gewissen Grünlage-mit-Aussicht-Schicht wahrscheinlich flächendeckend verbreitet war.

Natürlich ließ sie sich nichts von ihren düsteren Gedanken anmerken und begleitete jeden der Outfit-Vorschläge mit spitzen Schreien des Entzückens. In die Endauswahl kam ein kirschrotes Neckholder-Kleid im Stil der MM-Robe aus »Das verflixte 7. Jahr« und ein eng anliegendes schwarzes Halston-Modell, im Sixties-Look, vorne hochgeschlossen, aber mit einem äußerst verführerischen Rückenausschnitt. Mimi bekam den Befehl, beide Teile anzuprobieren. Sie hatte sich ohnehin für die coole Halston-Sache entschieden, wollte aber Lilly die Freude nicht verderben.

Draußen hatte sich die Nachmittagssonne bereits verkrochen, als Mimi ganz in Schwarz und mit den Goldkreolen vor ihre Stilberatung trat, die sich vor Begeisterung gar nicht mehr einkriegen konnte.

»Fantastisch! Du siehst aus wie eine Studio-54-Bellezza aus den Siebzigern, da wird dein Kurti aber schön schauen ...«

»Mein Kurti heißt aber Anton.«

»Egal, völlig wurscht. Aber am Ende des Tages werden sie doch alle zu einem Kurti.«

»Auch die Ottos?«

Jetzt erblasste Lilly kurz, fing sich aber gleich wieder: »Die sowieso ... aber in Wahrheit kann ich mich nicht beklagen. Es gibt wahrhaft schlimmere Exemplare als meinen Otto ...«

Mimi schwieg, doch Lilly realisierte, dass diese Stille eine unangenehme Note besaß.

»Wieso fragst du eigentlich?«

Möglicherweise hatte sie realisiert, dass sie den Vornamen ihres Phantom-Gatten Mimi gegenüber nie erwähnt hatte, und wunderte sich jetzt, woher sie ihn wusste.

Mimi hatte genug von diesem Spiel. Wenn man Lilly weiter in ihrem Paralleluniversum zurückließe und sich nicht mehr nach ihr umdrehte, würde sie möglicherweise für immer dort verloren gehen. Unrettbar ver- und entrückt.

Mimi räusperte sich.

»Es gehört dir«, sagte Lilly, »es wurde für dich gemacht.«

»Was denn?«

»Na, das Kleid. Jetzt brauchst du noch KBS!«

»Was ist denn das bitte?«

»Kopulationsbereitschaftsschuhe«, strahlte Lilly und wieselte zu einer Stellage, um mit einem Fiebertraum von schwarzen Slingbacks zurückzukehren.

»Gucci, die letzte Tom-Ford-Kollektion, eine glatte 39 …«

»Du bist so lieb zu mir … ich kann das alles wirklich nicht annehmen.«

»Jetzt hab' dich nicht so, Kleines. Und denk' an das herrliche jüdische Sprichwort: ›Wenn man dir gibt, dann nimm'. Und wenn man dir nimmt, dann schrei'.‹ Außerdem, siehst du sonst irgendjemanden?« Sie blickte schmierenkomödiantisch die Augen rollend nach beiden Seiten.

»Wovon sprichst du?«

»Na jemanden, zu dem ich sonst noch lieb sein könnte?«

»Genau darüber wollt' ich mit dir reden.« Mimi legte den Arm um Lillys Schulter.

Lilly kicherte verlegen: »Machst du mir jetzt Avancen? Aber ich muss dich enttäuschen, wenn die Heterosexualität einen Nachnamen hat, dann lautet der Lippburger.«

Mimi ließ den Arm von Lillys Schulter gleiten: »Ich wollte mit dir eigentlich über Otto reden.«

»Bei aller Liebe zur Volksmusik: Aber von dem musst du die Finger lassen. Der ist mehr als vergeben.«

Mimi räusperte sich und blickte zu Boden: »Das weiß ich. Sie heißt, glaube ich, Jessica.«

Jetzt erstarrte Lilly. »Wer sagt das?«, fragte sie in einer Stimmlage weit unter dem Gefrierpunkt.

»Er selbst. Ich habe ihn unten kennengelernt. Unten im Badrestaurant.«

»Das ist eine Lüge, eine gemeine Lüge von dir …«

»Nein, Lilly, das ist keine Lüge, sondern die Realität. Eine saugemeine Realität, aber die Realität.«

Jetzt begann Lilly, kleine, spitze Schreie, die wie aus dem Mund eines gequälten Kindes klangen, auszustoßen. Mimi wollte sie umarmen, Lilly schlug ihr mit geballten Fäusten auf die Brust und wand sich aus ihren Armen. Dann lief sie davon.

Mimi rief ihr nach, sie drehte sich nicht um, sondern galoppierte einfach weiter in die Wiese hinaus – so als ob sie nicht nur Mimi und ihrer Wahrheitsoffensive entfliehen wollte, sondern auch ihrer verlogenen Existenz.

Panik kroch langsam in Mimi hoch. Was, wenn dieser Stoß ins kalte Wasser der Realität Lilly so erschütterte, dass sie sich was antäte. Und sie, Mimi, wäre dann der Auslöser für diese Tragödie gewesen. Was musste sie sich auch kopfüber in das Leben anderer Menschen stürzen. Schließlich hatte sie ohnehin in ihrem eigenen Aufräumarbeiten ohne Ende anstehen.

Sie schaute in die Wolken: »Lou, wenn du mir schon abgehaut bist, dann mach' dich bitte jetzt mit ein paar Ezzes wichtig!«

Lou hatte da oben offensichtlich gerade Besseres zu tun. Also schälte sich Mimi schnell aus der Halston-Sache, sprang wieder in ihre Mausgrauheit und legte los.

Eine Stunde war vergangen, Mimi war zu allen möglichen Ausgängen gehetzt und hatte nachgefragt, ob die Waldkönigin durchgerauscht war. Sie kam sich vor wie eine dieser Fernsehkommissarinnen, die emsig nach einer Vermissten forschten, während das Publikum bereits alles über deren tragisches Ende wusste. Wohin sollte sie jetzt nur?

Vielleicht diesen Super-GAU von einem Otto aufstöbern? Vielleicht saß sie ja inzwischen längst wieder in der gefakten Idylle-Hölle ihres Wolkenkuckucksheims und spielte diese Alles-ist-ganz-normal-Nummer durch.

Mimi beschloss, noch eine letzte Runde durch den Föhrenwald zu ziehen, ehe sie zur Kontaktaufnahme mit Jessicas Hormonsklaven schreiten wollte. Oder hieß sie Jennifer? Egal! Beides schlimm genug. Achille wedelte gerade am Rand der Wiese aufgeregt mit einem Gartenschlauch herum, mit dem er eigentlich die Ziersträucher besprengen sollte. Neben ihm stand Günther, Achilles explosiven Ausführungen andächtig lauschend, den Arm neckisch an der Hüfte drapiert. Hoffentlich war Susi jetzt weit weg.

»Forza, ragazzi«, brüllte Mimi ihnen zu, »helft mir bitte, die Lilly suchen!«

Achille sah sie jetzt erstaunlich gelangweilt an und deutete mit seinem Schlauch nach links, wobei Günther einige Tropfen abbekam, aber es nicht wagte, sich darüber zu beschweren. Mimi hob fragend die Schultern.

»Sie ist, sofern ich glaube«, rief Achille, »bei die kleinen Waldbecken – zur Meditation!«

Jetzt kicherte Günther völlig unpassend. Mimi lief in Richtung Waldbecken, von dessen Existenz sie bis jetzt keine Ahnung gehabt hatte. Und tatsächlich – da saß die völlig zerzauste Waldkönigin, die Arme dicht um sich geschlungen, am Beckenrand, und wippte stumm mit ihrem Körper – wie ein Zootier, das durch zu lange Gefangenschaft zermürbt worden war.

Sie saß mit dem Rücken zu Mimi, die sich ihr jetzt langsam auf Zehenspitzen näherte. Sie beugte sich zu Lilly hinunter und flüsterte ihr ins Ohr: »Da ist ja die kleine Lilly Lippburger, die schon alle so schmerzlich vermisst haben.«

Lilly starrte weiterhin auf die dunkelgrüne Wasseroberfläche und murrte nur: »Schwachsinn! Mich vermisst niemand.« Dann erst drehte sie den Kopf zu Mimi: »Hat dir das Kleid etwa doch nicht gefallen?«

»Doch, doch, aber Halston-Cocktailfähnchen eignen sich nicht so wahnsinnig gut für nervenzerfetzende Verfolgungsjagden. Hast du Platz für …«

»Wo? In meinem Herzen? Jede Menge, da herrscht nämlich die gähnende Leere.«

»Lass' du mich bitte ausreden! In deinem Magen … für eine kleine Aglio-Olio-Pasta, die eine der unbegabtesten Köchinnen der westlichen Hemisphäre für dich zaubern wollen würde.«

»Bist du verrückt! Es ist gleich nach sechs. Da sind Kohlenhydrate nur bei Todesstrafe erlaubt!«

»Na, dann würde ich doch glatt sagen: Heute ist ein guter Tag für Todesstrafe. Und definitiv keiner, um Blattsalat an stillem Wasser einzuspeicheln.«

»Du bist zynisch«, schmollte Lilly weiter, »das gefällt mir nicht.«

»Ich bin nicht zynisch, sondern ironisch – da sind

Welten dazwischen. Zynisch hat immer was mit Menschenverachtung zu tun.«

»Das trifft sich ja blendend. Ich bin nämlich durchaus verachtenswert.«

Mimi zeigte mit theatralischer Geste gen Wasser: »Vielleicht vor dem Essen noch ein kleines Bad in Selbstmitleid?«

Jetzt konnte sich Lilly ein winziges Lächeln nicht verkneifen: »Das Selbstmitleid sieht mir eigentlich viel zu kalt aus.«

Sie rappelte sich hoch und klopfte sich ein paar Grashalme von ihrem Kleid: »Gibt es eigentlich Beilagen in Form von Alkohol zu dieser gefährlichen Pasta?«

»Jede Menge – ich bin für Besuche gewappnet.«

»Ok, dann nichts wie ins Gespensterschloss.«

Während Mimi an der Kochstelle Knoblauch und Basilikum hackte und den alten, roten Emailtopf, den Lou so gerne benutzt hatte, mit Wasser auffüllte und auf den Herd setzte, lag Lilly in das Sofa gekuschelt, während sie in immer kleineren Intervallen und größeren Schlucken Weißwein trank.

Langsam und stockend begann sie zu erzählen. Von ihren Beschattungsaufträgen bei einer Privatdetektei, als Otto immer seltener nach Hause kam und sich irgendwann nicht einmal mehr die Mühe machte, Ausreden zu erfinden.

»Das muss man sich einmal vorstellen, ich war es ihm nicht einmal mehr wert, sich irgendwelche haarsträubenden Lügengeschichten einfallen zu lassen.«

Der Privatdetektiv, noch dazu gerade schwer angeknackst von seiner eigenen Scheidung und nach einer Phase der längeren Arbeitslosigkeit nach einer Umschulung vom Arbeitsmarktservice ein Beobachtungs-Debütant, versorgte sie also gegen horrendes Geld mit verwackelten Schnappschüssen – da war Otto, vollbepackt mit schicken Papiersackerln, mit dieser Schlampe beim Verlassen der Escada-Boutique zu sehen. Oder – hat man Worte! – beide, fest umschlungen, im Schönbrunner Tiergarten. Dieses infantile Miststück liebte nämlich die Orang-Utans, wie der Nick Knatterton für Arme herausgefunden hatte. Mehrmals waren sie schon dort gewesen und hätten stundenlang, pubertär kichernd und glucksend, diesen unappetitlichen Viechern beim Sein zugeschaut.

Mit ihr war der Otto in den letzten zehn Jahren außerdem kein einziges Mal zum Shoppen gegangen! Aber auf das Affentheater wäre sie ohnehin nicht scharf. Abgesehen davon: Escada! Das war doch zum Schieflachen. Bestenfalls von der Geschmacksfee verwunschene Russenbräute würden diese Fummel überhaupt noch angreifen.

»Naja«, sagte Mimi, während sie die Linguini in das brodelnde Wasser gleiten ließ, »dass Männer in Panik vor dem Alter sich was Junges krallen, ist eigentlich so originell wie Masern mit sechs. Das passiert jeden Tag auf diesem Planeten zillionenfach.«

Ein schwacher Trost, das wusste sie. Denn für jede Betroffene war ihre Tragödie einzigartig, »ein privates Weltereignis«, wie Alfred Polgar das einmal bezeichnet hatte.

Lilly ignorierte Mimis Einwand; sie fand ihn offensichtlich unter ihrer Würde.

»Kann ich mich nützlich machen und den Tisch decken?«, fragte sie so zaghaft, dass sich klar herauslesen ließ, dass sie von solchen inferioren Tätigkeiten gerne Abstand nehmen würde.

Mimi winkte ab: »Heute ist dein Roomservice-Abend. Ich werde dich verwöhnen, du musst nur die Hand heben, um nach mehr Wein zu verlangen.«

Jetzt kicherte Lilly: »So habe ich es gern.«

Sie wirkte zufrieden, wie ein Kind, das endlich einmal die Gelegenheit bekommen hatte, ausführlich krank zu sein, dabei versorgt zu werden – und keinen dieser kostbaren Momente ungenutzt an sich vorüberziehen lassen wollte. Wie ungerecht das Leben doch sein konnte! Während Mimi Beklemmungsattacken angesichts Antons Dauerfürsorglichkeit bekam, sehnte sich Lilly so sehr nach einem Mann, der sie ausführlich »beonkelte«.

Während Mimi die Nudeln abseihte und in einer Schüssel mit dem gehackten Knoblauch und dem Basilikum durchmischte, sagte sie leise: »Lilly, lass' dir doch dein Leben nicht von einem Mann stehlen, der dich offensichtlich nicht mehr liebt.«

»Papperlapapp, das sind doch nur die Hormone. Er ist einfach zurzeit nicht Herr seiner Sinne. Es wird sich schon wieder einrenken …«

»Aber warte bitte nicht drauf! Raus aus dem Wartesaal, rein ins pralle Leben.«

»In deinem Alter kann man leicht die Pappalatur aufreißen. Du hast doch noch dein ganzes Leben vor dir!«

»Jeder Mensch hat immer sein ganzes Leben vor sich. Vergiss jetzt einmal diesen Otto!«

»So wie du deinen Anton? Was ist mit dir und diesem Kerl eigentlich? Ich blicke da nicht ganz durch.«

»Da bist du nicht alleine. Das Problem ist, dass Anton kein Kerl, sondern eine Art Onkel ist … Und ich fühle mich eigentlich noch zu jung für die Onkelmänner …«

»Ich verstehe, du bist offensichtlich reif für einen Wechsel – vom milden zum wilden Kerl …«

»Wie auch immer. Jetzt schreiten wir einmal zur Nahrungsaufnahme. Das mit dem Weltfrieden erledigen wir später.« Auch das war so ein Klassiker von Tante Lou, den sie gerne in die Schlacht warf, wenn ein Thema im Gespräch auftauchte, das sie eigentlich nicht einmal streifen wollte.

Mimi deckte den Tisch, so festlich das möglich war, weißes Leinentischtuch und Kerzen inklusive. Lilly beobachtete sie dabei amüsiert und sichtlich angeschickert.

»Willst du mich verführen, Darling? Das kannst du dir nämlich sparen. Ich bin sowieso eine verdammt sichere Sache«, kuderte sie und versuchte, sich aus dem Sofa hochzuhieven, was ihr ob fortgeschrittener Beschwingtheit erst beim zweiten Mal gelingen sollte. »Ooopsie, was haben wir denn da?« Sie zog aus der Ritze eines Sofapolsters ein zusammengefaltetes, vergilbtes Stück Papier.

Mimi nahm ihr es eilig aus der Hand. So, als ob sie die absurde Angst hätte, Lilly könnte es zerbrechen. Sie faltete das schon brüchige Blatt behutsam auf, legte es auf den Tisch und strich noch einmal sorgfältig darüber. Es handelte sich um eine Seite der »Neuen Freien Presse« vom vierzehnten September 1911. Das Papier musste ihr gestern aus Miriams Tagebuch gefallen sein; in der Hitze der Lektüre hatte sie das gar nicht bemerkt.

Noch ehe sie die mit einem blassblauen Tintenkreis umrandete Stelle in der Rubrik »Personal-Nachrichten« in der schwarzen Textwüste zu lesen begann, wurde sie von einer Welle der Angst überschwappt.

Ihre Intuition lag richtig, wie sich gleich herausstellen sollte.

Wie erst jetzt der Redaktion bekannt wurde, ist der Pianist Georg Rosenberg im nur fünfundzwanzigsten Jahr seines jungen Lebens vorangegangenen Freitag mutmaßlich einem tragischen Unfall zum Opfer gefallen. Der junge Mann, dem Engelbert Sonnenthal, Rosenbergs Musikprofessor am Wiener Konservatorium, eine »originäre Konzert-Karriere« prophezeit hatte und dem für das kommende Jahr ein Stipendium an der renommierten Pariser Musikakademie zuerkannt worden war, kam möglicherweise bei der Reinigung eines Stiftfeuerrevolvers um sein hoffnungsvolles Leben.
Das Unglück geschah in den Abendstunden in einer Wohnung in der Währinger Straße, in der Rosenberg seit einigen Monaten Quartier bezogen hatte. Die Besitzerin der Wohnung, die Offizierswitwe Adele F., hatte ihren Untermieter nach der Rückkehr von ihrem Vöslauer Landsitz tot in seinem Studierzimmer aufgefunden.
Ob der Tod doch in seiner Absicht gelegen war, konnte nicht herausgefunden werden. Dem Polizeibericht nach fand sich auf dem Sekretär des Verstorbenen eine handschriftliche Notiz mit einem unvollständigen Zitat des altgriechischen Philosophen Sokrates: »Falls der Tod aber gleichsam ein Auswandern ist von hier an einen anderen Ort …«
Rosenberg, Sohn der Handwerkerswitwe Elisa Rosenberg, soll laut Aussagen seiner Kommilitonen schon seit längerem an Melancholieschüben gelitten haben. Vor einigen Monaten soll er seine Verlobung mit der achtzehnjährigen Handelsangestellten Lena Eichinger aufgelöst haben. Es wird auch von einer unglücklichen Liebe zu einer verheirateten Frau gemunkelt.
Georg Rosenberg ist von mosaischem Bekenntnis und wurde nach dem religiösen Ritus bereits am Tag nach

seinem tragischen Ableben am jüdischen Friedhof von Währing im engsten Kreise beigesetzt. Seine Grabrede soll der bekannte Musikprofessor und Rosenbergs engagierter Förderer Engelbert Sonnenthal mit folgenden bewegenden Worten geschlossen haben: »Marc Aurel sagte: ›Die Kunst des Lebens liegt mehr im Ringen als im Tanzen!‹ Du hattest ein solches einzigartiges Talent für den Klang der Töne, aber keines für dein Schicksal. Gute Reise, lieber Georg, und grüße mir unseren gemeinsamen Liebling Brahms.«

Mimi musste sich setzen, ihr war schwindlig. Dann begannen die Tränen zu laufen.

Lilly umarmte sie: »Kinderle, was kann denn da jetzt plötzlich so schlimm sein? Ist jemand gestorben?«

Mimi schniefte und nickte.

Lilly goss ihr ein Glas Wein ein. »Und wen hat es erwischt? Hast du denjenigen gut gekannt?«

»Wie man's nimmt. Eigentlich nicht wirklich, eigentlich gar nicht …«

»Und wann ist das passiert?«

»Vor nicht ganz hundertein Jahren.«

»Ok, völlig logisch. Du sitzt an deinem dritten Urlaubstag beim Abendessen und weinst, weil jemand, den du gar nicht gekannt hast, vor hundertein Jahren gestorben ist. Dein Mann ist doch Psychiater, oder?«

Mimi nickte.

»Und was macht der eigentlich hauptberuflich?«

Jetzt musste Mimi lachen. Das war ja das Absurde und gleichzeitig so Großartige in diesem Leben: Tragik und Komik liegen oft nicht mehr als eine halbe Kolibri-Zungenlänge voneinander entfernt.

Nachdem sie schweigend gegessen hatte, schnäuzte

sich Mimi sehr undamenhaft in ihre Serviette und sagte: »Und jetzt werde ich dir eine Geschichte erzählen …«

»Mit Moral?«

»Seh' ich wie so eine aus? Ganz ohne. Es ist nur eine Geschichte. Das wahre Leben hält sich mit so langweiligen Kategorien wie Moral nicht gerne auf.

Es war einmal in diesem Bad vor zirka hundertzwei Jahren; der Sommer legte sich so zögerlich wie dieser über die Landschaft und unzählige Familien aus Wien trudelten in Bad Vöslau ein. Aus den Zimmerfluchten der Villen drangen die Seufzer der oft schlecht gelaunten Ehefrauen auf die Straße. Sie hatten mit Dutzenden unausgepackten Schrankkoffern, widerborstigen Hausmädchen und der Angst vor ihrer eigenen Vergänglichkeit zu kämpfen. Diese Angst lähmte sie manchmal so sehr, dass sie über Tage mit Migräne ans Bett gefesselt waren …«

Lilly zwitscherte jetzt: »Danke, danke für die Blumen. Ich habe den Wink mit dem Pressluftbohrer schon begriffen.«

Mimi deutete ihr, still zu sein, und fuhr weiter fort mit ihrer Geschichte. Sie erzählte über Stunden – die Grenzen zwischen dem, was sie sich aus Miriams Tagebuch gemerkt hatte, und ihrer eigenen Vorstellungskraft flossen ineinander. Während sie ihre Worte formte, dachte sie an Lou, die sie genau an dieser Stelle, wo sie jetzt saß, auf ihrer Fantasie durch Abende getragen hatte. »Mimilotta«, hatte sie ihr gesagt, »die Fantasie ist wie ein Muskel, der täglich trainiert gehört. Das darfst du nie vergessen, hörst du, nie! Denn sie ist das einzige Paradies, aus dem uns niemand vertreiben kann.«

Lilly lauschte jetzt so andächtig, wie Mimi damals Lou zugehört hatte, und rührte sich keinen Zentimeter mehr aus ihrer Position. Nur ab und zu goss sie sich etwas

Wein nach. Manchmal lachte sie, es bildeten sich auch kleine Tränenbäche auf ihrem Gesicht, dann versank sie wieder völlig in Miriams Lebensgeschichte.

In Mimis Fantasie war unsere unglückliche Miriam nach diesem fatalen Sommer wieder auf den Trampelpfad ihres früheren Lebens zurückgekehrt, nachdem Gefühlspanzer-Ludwig ihr ihre »törichte Backfischschwärmerei« verziehen hatte.

»Doch es gibt Herzen, in denen nichts verjährt«, zitierte Mimi einen Satz von Schnitzler und erzählte von einem freudlosen Jahr, in dem Miriam Georgs verzweifelte Versuche, sie wieder zu sehen, abgeschmettert hatte. Bis sie so zermürbt von ihrer Sehnsucht war, dass sie ihn heimlich wieder zu treffen begann. Ein kleines, schäbiges Stundenhotel auf der Mazzesinsel der Leopoldstadt namens »Goldenes Lamm«, in dem die Kakerlaken Ballett tanzten, wurde zur Oase ihrer Liebe. Dort erlebte Miriam in den Armen dieses Mannes, der ihr Leben so aus den Angeln gerissen hatte, Zustände, von deren Existenz sie bislang nichts geahnt hatte.

»Oh, wie schön«, piepste Lilly, »dort hat er sie in die Wehrlosigkeit gevögelt!«

»Lilly, es war Leidenschaft an Liebe. Können wir uns bitte darauf einigen?«

Lilly nickte gehorsam und auch etwas beschämt.

Mimi fuhr fort mit ihrem erfundenen Jahrhundertwende-Drama: Georgs Flehen, endlich ihre Ehe zu zertrümmern und mit ihm nach Paris zu gehen, konnte Miriam nicht nachgeben.

»Ich kann nicht, Georg. Am Ende des Tages wird doch immer die Mutter in mir siegen«, erklärte sie ihm bei seinem letzten Versuch, sie doch noch zu überzeugen, und dabei zersprang ihr das Herz.

»Aber ganz unter uns Betschwestern«, schob Mimi jetzt ein und sah Lilly ein bisschen streng an: »Natürlich war Miriam auch vom Komfort einer gesicherten Existenz korrumpiert. Die Vorstellung, dass sie mit einem nahezu mittellosen Musikstudenten in einer ungeheizten Dachkammer, selbst wenn die im Künstlerviertel Montmartre lag, ihr Dasein fristen sollte, bereitete ihr kaum Wohlbehagen. Sie war dann doch im richtigen Leben zu praktisch veranlagt, um die Romantikerin vom Zaum zu lassen. Die Angst, noch einmal von ihrem wütenden Gatten ins Nichts und in die Kälte einer völligen Unsicherheit geschubst zu werden, war einfach zu groß und blockierte ihre Abenteuerlust.«

Im Mai 1911, ehe Miriam wie jedes Jahr ihren Hausstand nach Vöslau transferierte, sollte es zum endgültigen Bruch zwischen Georg und Miriam kommen. Es war knapp nach Miriams fünfunddreißigstem Geburtstag. Mit einem Schubkarren voller Maiglöckchen im Schlepptau, die Georg in Bausch und Bogen einer Brünner Straßenhändlerin abgekauft hatte, wollte er seine Angebetete abpassen. Miriam hatte auf keines seiner Schreiben, mit denen er sie seit Tagen bombardiert hatte, geantwortet. Als sie ihre Wohnung im Cottage-Viertel in der Franz-von-Suppé-Gasse verließ, um ein wenig Luft zu schnappen, heftete er sich an ihre Fersen. Er war schon über Stunden auf der Lauer gelegen. Die Räder des Maiglöckchen-Schubkarrens ratterten laut über den Asphalt. Erst dieses Geräusch veranlasste Miriam, sich umzudrehen. Doch der Anblick des Mannes, der da in seinem schon schlissigen hellbraunen Sommeranzug hilflos mit einem kleinen Holzwägelchen vor ihr stand, flößte ihr Furcht ein. Seiner Beharrlichkeit und der damit verbundenen Schonungslosigkeit gegen ihn selbst war sie nicht gewachsen. In ihrem emotionalen Alphabet waren diese Buchstaben unbekannt. Sie sah durch Georg wortlos hindurch, seufzte dann nur und drehte auf dem Absatz um, um schnell wieder hinter dem herrschaftlichen Tor aus wuchtigem, schwarzem Schmiedeeisen in ihrer Gründerzeit-Villa zu verschwinden.

In ein Leben, in dem man besser keine Fragen mehr stellte, sondern sich mit den vor langer Zeit gegebenen Antworten zu arrangieren hatte.

Mimi tat so, als ob sie ein imaginäres Buch zuklappte, und sagte nur: »Müde bin ich Känguru, mache jetzt gleich meine Äugelein zu.«

Lilly protestierte: »Nein, ein bisserl noch. Warum hat er sich umgebracht? Und wie ist es bei Miriam weitergegangen?«

Mimi schüttelte entschieden den Kopf: »Ich kann nicht mehr. Ich muss schlafen.«

»Und ich?« Lilly stand die Angst vor dem Alleinsein in den Augen geschrieben.

»Du auch. Du schläfst hier. Das Sofa gehört dir. Für mich gibt es irgendwo noch eine Matratze …«

»Bist du sicher?«

Mimi nickte.

»Danke, danke, danke. Ich hätte mir heute wahrscheinlich allein schwergetan … Schwerer noch als sonst.«

»Ich weiß«, sagte Mimi und breitete ein Leintuch über das Sofa, »aber im Gespensterschloss bist du sicher. Das ist ab jetzt deine seelische Schweiz.«

5. Kapitel

»REICH MIR DIE HAND, MEIN LEBEN«

Lilly betrachtete ihr Werk mit unverhohlenem Stolz. »Fantastisch«, freute sie sich, »du siehst aus wie eine Million. Halston muss dich im Kopf gehabt haben, als er dieses Teil entworfen hat. Bitte tu' mir den Gefallen und geh' noch einmal auf und ab!«

»Wie hätten wir es denn gern, Gnädigste? Wie so eine Novizin im Beauty-Kloster von der mühsamen Heidi Klum?« Mimi durchpflügte die Kabane in jenem staksigen Storchengang, den die armen Tamaras und Alinas gerne zum Einsatz brachten, wenn sie vor dem Urteils-Schafott der Klum-Jury um ihr Überleben zu kämpfen hatten.

Lilly quiekte vor Vergnügen: »Dein Bild ist dir heute sicher. Aber bitte, bitte enttäusch' mich heute Abend auf der Party nicht. Und vergiss nie, hörst du, nie: Es kann nur eine Miss Thermalbad 2012 geben!«

Mimi musterte Lilly jetzt mit finsteren Blicken: »Und das wird kein Waldspaziergang werden, denn, wie man sieht, ist die Konkurrenz heute Abend ziemlich ausgeschlafen. Von welchem Gott ist denn eigentlich dieser Fummel?«

Geschmeichelt strich Lilly jetzt über den Rock ihres meergrünen Wasserfallkleids: »Ach, nichts Besonderes. Eine kleine Vintage-Sache. Ein früher Oleg Cassini. Ich glaube, Jackie O. hat dieses Modell getragen, als sie das erste Mal an Bord der ›Christina‹ mit Ari Onassis diniert hat …«

Mimi hatte Lilly an diesem Tag zu einem kleinen Schritt für die Menschheit, aber einem sehr großen für Madame Lippburger bewegt. Sie hatte ihr die doofe Perücke versteckt, was zuerst zu einer gröberen Krise in ihrer noch so jungen Freundschaft geführt hatte. Lilly hatte wunderschöne, dicke Naturhaare, allerdings waren sie schon von einem dunklen Grau. Wegen irgendwelcher Allergieprobleme konnte sie ihre Haare nicht färben. Und war nahezu besessen davon, dieses Grau zu verstecken. Am späten Vormittag waren die beiden dann zur »Waldandacht« hinaufgewandert – auf eine Gedächtnis-Viertelstunde für die verlorene Liebe von Miriam Damian und Georg Rosenberg. Ein erster Gehversuch ohne die Perücke. Und irgendwie hatte es Mimi geschafft, dass Lilly ihre eisgraue Mähne für den Abend zu einem kunstvollen Knoten geschlungen trug. Sie freute sich darüber wie ein Kind. Sie hatte Lilly zumindest ein bisschen aus ihrer Alterspanik geschubst.

»Und weißt du«, fragte Mimi triumphierend, »welche Göttin dieser griechische Reedertölpel zugunsten von Jackie verlassen hat?«

»Ja«, hauchte Lilly ehrfürchtig, »natürlich weiß ich das. Es war die Callas. Sie stürzte in tiefe Depressionen, das hohe C war für lange Zeit im Eimer …«

»Und was lernen wir daraus?«, fragte Mimi jetzt im Tonfall einer erbarmungslosen Gouvernante.

»Dass das Leben kein Wunschkonzert ist?«

»Das sowieso. Aber vor allem, dass auch schon größere Kaliber wie du von irgendeiner Mickey Mouse verlassen wurden. Jeder hat halt so seinen Otto …«

Es wurde an der Balkontür geklopft. Draußen standen Susi und Günther, die sich für einen Partnerlook im Stil der Gatsby-Ära entschieden hatten. Sie trug ein cremefarbenes Charleston-Kleid, er einen weißen, sorgfältig zerknitterten Leinenanzug. Sie sahen ein bisschen affig aus, aber irgendwie auch rührend und eigentlich recht glücklich.

»Kabanenparty, Kabanenparty!«, bereicherte Günther den abartigen alten Sommerhit mit einer neuen Variante und klopfte sich dabei, ziemlich begeistert von seiner Erfindungsgabe, auf die Schenkel.

»Kommt's, Mäuse!«, zwitscherte Susi in offensichtlicher postkoitaler Aufgeräumtheit, »da unten ist bereits die Hölle los!«

»Toll gebrezelt!«, ließ Günther mit anerkennendem Blick auf Mimi und Lilly wissen. »Los, los! Da unten spielt die Musik.«

Susi hatte recht. Vor dem Restaurant war die Party bereits richtig am Abheben. Gartenfackeln beleuchteten die Wiese, aus den Boxen wummerte Stromae und sein energetisches »Alors on danse«. Überall standen mit Metallsäulen verlängerte und mit Eis vollgepackte Sektkübel, in denen Flaschen begraben waren – wie stumme Diener auf dem Gelände. Die Tische waren mit wasserblauen Leinentüchern gedeckt, auf die weiße Freesien als Dekoration hingeworfen waren.

Es lag ein Hauch von gehobenem Ibiza über der Atmosphäre. Menschentrauben bildeten sich vor der eigens für das Fest errichteten Bar im Freien, auf der Theke thronte auf einem Podest eine Eisskulptur, die die Form des Quellbrunnens imitierte. Junge Schnösel, deren hübsche Gesichter noch keine Geschichten erzählten, weil ihnen das Leben noch nichts abverlangt hatte, posierten neben langmähnigen Mädchen. Die trugen durchgehend sehr kurze Kleidchen, waren sich aber ihres Sexappeals noch nicht so richtig bewusst und probierten ihn so zögerlich aus wie ein Spielzeug, das ihnen eigentlich noch gar nicht zustand.

Und mitten drinnen, wie Mimi ob deren kleiner Größe erst jetzt bemerkte, stand Sigi Herrlich in einem mit riesigen Seerosenmotiven übersäten Kleid, wild gestikulierend. Wahrscheinlich war sie überglücklich, dass sie ein Publikum gefunden hatte, das ihre Mich-hätten-Sie-sehen-sollen-Anekdoten aus ihrer versunkenen Operettenwelt noch nicht kannte. Die junge Meute schien jedoch von Sigi Herrlichs Ausführungen gar nicht gelangweilt, sondern hing an deren Lippen. Manchmal wurden Zwischenfragen gestellt wie »Und Sie hatten wirklich siebenunddreißig Vorhänge bei der ›Csardasfürstin‹?« oder »Oh, wie gemein! Wie haben Sie sich gegen diese blöde Tussi zur Wehr gesetzt?«

Mimi nahm Lilly an der Hand und bahnte sich den Weg zu Tante Lous Freundin. »Komm'«, raunte sie Lilly zu, »ich muss dir unbedingt jemanden vorstellen.«

Als Sigi Mimi bemerkte, klatschte sie ihre Hände wie ein fröhlicher Waldkobold zusammen, dem ein Kunststück gelungen war.

»Mimi, wie schön! Und so glamourös! Ich wusste es: Du hast das Talent zur Wasserfrau. Lou wäre, was heißt wäre, ist so stolz auf dich.« Sie blickte verschwörerisch nach oben in die Wolken und rief: »Dein kleines Mädchen ist wieder da, Lou! Alles in Ordnung!«

Mimi wollte Sigis kryptische Andeutungen, die möglicherweise eine höhere Bedeutung besaßen, gerne dechiffrieren, nur war das nicht der richtige Zeitpunkt und schon gar nicht der richtige Ort.

»Das ist meine neue Freundin Lilly. Lilly, das ist Sigi, eine Soubretten-Diva der allerersten Kategorie«, sagte sie und hatte in diesem Moment das seltsame Gefühl, »angekommen zu sein«. Auch diese abgeschmackte Phrase konnte man immer wieder in diesen grauenhaften Glücks-Ratgebern lesen, die sie eigentlich so sehr verachtete. Aber sie fand in diesem Moment kein besseres Wort für den Zustand, der sie gerade mit wohliger Wärme überschwemmte.

Sigi umarmte Lilly und drückte ihr zwei Küsse auf die Wangen. Lilly reagierte etwas verdutzt auf diese direkte Form der Zuwendung und sah Mimi fragend an.

Die zuckte nur die Achseln und überließ die beiden Damen ihrem Schicksal. Ihr Zuruf (zugegeben, ein Schmäh von Methusalem-Alter) »Ihr seht aus, als ob ich einen Drink brauche«, verhallte im Geschwirr der Worte. Sigi und Lilly konnten sie nicht verstehen, aber sie winkten ihr fröhlich zu. So, als ob sie ganz und gar d'accord wären, dass Mimi jetzt einmal den Abgang machte, weil sie ohnehin ihre ganze Energie dafür bräuchten, einander ein wenig kennenzulernen.

Mimi beschloss, sich eine kleine Auszeit vom Trubel in der Bar im Restaurant zu nehmen. »Connecting people«, hieß der Slogan einer finnischen Telefonfirma, und irgendwie hatte Mimi das Gefühl, dass diese Begabung sie bereits ihr ganzes Leben begleitete. Ihre Mutter hatte dieses Talent einmal als »Hirtenhund-Syndrom« bezeichnet. »Mimi«, hatte sie ihr eines Tages gesagt, »schon wie du ganz klein warst, hast du die Kinder, die sich nicht verbinden konnten, ins Boot geholt. Du wolltest immer, dass alle in der Sandkiste waren und keiner von draußen zuschauen musste. Es war faszinierend, diesen Instinkt hast du schon im Alter von zwei Jahren besessen.«

Was sie allerdings nicht davor bewahrt hatte, mit vierunddreißig und auch schon früher ihrem eigenen Leben von draußen zuzuschauen. Aber jetzt war sie gerade wieder in die Sandkiste gestiegen. Sie würde Anton alles lassen. Nur keinen würdelosen Rosenkrieg um irgendwelche finnischen Designerbestecks oder Kenwood-Küchenmaschinen, für die er vielleicht gemeinsames Sorgerecht beanspruchen wollte. Eine saubere Trennung. Und keine langwierigen »emotionalen Abrüstungsverhandlungen«, wie er das bei seinen in Auflösung befindlichen Klientenpaaren bezeichnete.

»Wenn einer die innere Kündigung bereits vollzogen hat, ist es nahezu unmöglich, so eine Beziehung zu retten«, hatte er ihr immer wieder erklärt. Hoffentlich würde er sich auch jetzt noch daran erinnern.

Im Vergleich zu ihrer kleinen Schwester draußen auf der Terrasse war diese Bar sehr schütter besetzt. Hinter der Theke hantierte ein junger Mann, der definitiv in die Rubrik der Saxophonspieler fiel: groß, schlaksig, dichte schwarze Locken, hellgrüne Augen. Was für ein Glück, dass ein wie von Picasso gehauener Nasen-Erker aus seinem Gesicht ragte, er wäre sonst nahezu unerträglich hübsch gewesen. Sie schätzte ihn auf Ende zwanzig. Mimi parkte sich auf einem der Hocker ein.

»Moment«, flüsterte er nur, »ich bin gleich bei dir. Die wollten sparen, ich muss mixen und mich um das Musik kümmern …«

»Ich würde sofort einen saugroben Brief an die Musikmixer-Gewerkschaft schreiben«, sagte Lilly trocken.

Er verdrehte nur die Augen, als ob er Mimi signalisieren wollte, dass sich eine wie sie ja offensichtlich keine Vorstellung von den Mühsalen des Broterwerbs machte, und ging zum DJ-Pult neben der Bar. Dramatische Tangoklänge, unterwandert von diesem sattsam bekannten Lounge-Sound, ertönten. Mimi verzog das Gesicht. Sie mochte diese Aufzug- und Hotellobbymusik überhaupt nicht.

»Was ist denn – haben Sie auf eine Lemon gebissen?«

Jetzt erst realisierte Mimi, dass seine Wiener Sprachmelodie von einem leichten amerikanischen Akzent durchsetzt war. Charmant, aber auch ein bisschen affig.

»Nein, nein … Es ist nur …«

»Jaja, ich finde diese Musik auch rotten. Aber das wird nun einmal gewünscht. Ich kann die Crowd doch hier nicht mit Glenn Goulds ›Goldberg-Variationen‹ verstören. Oder mit Brahms. Die würden mich töten.« Er baute sich nahe vor ihr auf und bellte nahezu: »Wonach ist dir?« So, als ob jetzt Schluss mit jeglichem Firlefanz und strikte Zeitökonomie angesagt wäre.

Mimi errötete. Es hatte nämlich eben funktioniert, das »Kannst du/möchtest du ihn dir nackt vorstellen?«-Spiel, sie fühlte sich ertappt. Was sollte sie auch auf seine Frage antworten! Was Pathetisches wie »Nach einem Notausgang aus meinem Leben«? So sagte sie nur: »Nach einem Gin Tonic für Erwachsene.«

»That's my girl«, antwortete er so erleichtert, als ob er sich eigentlich schon mental auf einen hysterischen Tussi-Cocktail eingestellt hatte, dessen Zubereitung ihn ziemlich überfordert hätte.

»Lieben Sie Brahms?«, blökte Mimi jetzt, und gerade, als ihr dieser schwachsinnige Filmtitel entkommen war (Perkins, Bergman, Sagan! – Ja, da war doch irgendwas in der Richtung …), hätte sie sich für diese Idiotenfrage mit einem nassen Fetzen erschlagen können.

Jetzt grinste er und stellte kurzfristig die Mixtätigkeit ein: »Ok, ok, I got the message. Du hältst mich für einen amerikanischen Volldeppen, dem sein musikalisches Awakening gerade einmal mit Frank Sinatra oder bestenfalls mit den Beatles begonnen hat. Aber ich muss dich leider enttäuschen – in diesen Adern pulsiert astreines Eurotrash-Blood. Meine Vorfahren kommen aus Wien. Und jetzt zu deiner Frage: Ich liebe Brahms, und zwar mehr als das Leben selbst.«

»Kann ich jetzt trotzdem meinen Drink kriegen?«, kicherte Mimi und sah dabei zu Boden. Sie hatte das mit dem Erröten nämlich spürbar so gar nicht unter Kontrolle.

»Mhmmm«, brummte er und winkte jemandem zu. Mimi drehte sich um und sah, dass ihm Sigi Herrlich draußen ein Victoryzeichen zeigte.

»Kennst du sie?« Sie beschloss, ihn jetzt auch zu duzen.

»Und wie«, sagte er und knallte ihr das Getränk auf den Tresen, ohne sich weiter über diese Bekanntschaft verbreitern zu wollen.

Ihr Drink sah ziemlich nackt aus. Keine Zitrone, kein Strohhalm, gerade einmal ein bisschen Eis. »Wirkt ziemlich lieblos«, sagte Mimi.

Das machte ihn jetzt etwas zornig: »Hör' mir einmal zu, Black Beauty, ich bin hier nur der Aushilfs-Idiot und nicht hochberuflich, was Getränke betrifft.«

»Hochberuflich?«, gluckste Mimi, »ah, das ist die wortwörtliche Übersetzung von highly professional!«

»So schön und schon so schlau«, sagte er. »Ach, ich bin übrigens der Elias, und wenn du mich Eli nennst, bist du tot.«

»Ich war eigentlich noch gar nicht soweit …«

»Vielleicht bist du schneller soweit, als du dir vorstellen kannst …«

»Du bist dir aber ganz schön sicher.«

»Ja«, sagte er grinsend, stellte sich dann auf die Zehenspitzen und schaute mit der Hand an seiner Stirn wie ein Steuermann über das so langweilig ruhige Meer: »Ich sehe hier nämlich nirgends etwas, das mich wahnsinnig verunsichern könnte. Do youu?«

Das krasse Gegenteil war bei Mimi der Fall. Was nicht nur mit diesem hinreißenden Picasso-Erker-Mann zu tun hatte, sondern vor allem mit der Tatsache, dass eben Saskia Hellmann den Raum betrat – und zwar ausufernd. Sie hatte für diesen Abend ein scharlachrotes Seidenfähnchen gewählt, das bei Jerry Cotton in die Beschreibungskategorie »Dieses Kleid wog nicht mehr als drei Stück Würfelzucker« gefallen wäre. Subtilität war noch nie Saskia Hellmanns zweiter Vorname gewesen – weder, was ihre Schauspielkunst, noch, was die Wahl ihrer Outfits betraf. Sie dachte an Oscar Wilde und seinen großartigen Spruch: »Zu viel Rouge und zu wenig Kleid sind bei Frauen immer ein Zeichen von Verzweiflung.«

In Saskias Zügen machte sich Enttäuschung breit, dass nicht Trauben von Paparazzi ihrer Ankunft geharrt hatten und sie sich jetzt nicht durch einen Wald der Objektive den Weg bahnen musste.

Mimi hatte kurz einen raschen Abgang angedacht, aber es war zu spät, um die Flucht zu ergreifen. Saskia hatte sie bereits geortet und kam mit ihrem berühmten Natternlächeln direkt auf sie zu.

»Oh, Mimi! Was machst denn du hier?! Solltest du nicht zu Hause bei deinem Mann sein?«

Natürlich war diese Bemerkung für alle im Raum zu hören gewesen. Mimi wagte es jetzt nicht, Elias' Blick zu überprüfen. Sie sagte nur sehr kühl: »Ich nehme mir einmal gerade Urlaub von meinem alten Leben.

Aber siehe da – mein altes Leben verfolgt mich gnadenlos.«

»Naja, vielleicht ändert sich ja auch das schneller, als du denkst«, antwortete Saskia spitz und parkte ihre scharlachrote Clutch neben Mimi auf der Theke.

»Und wonach ist Ihnen?«, fragte Elias, in dessen semiprofessioneller Barkeeper-Tätigkeit dieser Spruch offensichtlich ein fixer Repertoirebestandteil war.

»Ein Glas lauwarmes Leitungswasser bitte«, lächelte sie, »die Stimmung ist ja hier noch etwas frostig.«

»How boring! Eigentlich ist der Leben viel zu kurz, um lauwarmes Wasser zu trinken«, antwortete Elias.

»Wenn man vor der Kamera steht, muss das Leben manchmal ein bisschen langweilig sein. Denn die Kamera ist grausam …«

Elias zuckte die Achseln, er schien keine Lust auf die Weiterführung dieser Konversation zu verspüren. Mimi hatte sich schon ein bisschen in ihn verliebt, aber in diesem Moment wurde aus dem Bisschen ein bisschen sehr viel mehr.

Doch nicht nur die Kamera, auch das wahre Leben besaß ausreichend Talent für Grausamkeiten. Denn jetzt betrat auch noch ihr Produzent Daniel zu allem Überfluss das Geschehen – mit wehender Mähne, das weiße Seidenhemd einen flotten Knopf zu viel offen, die schwarzen Lackschnürschuhe einen Tick zu neu.

»Sassilein, so viel sorry, aber da draußen gibt es keinen halben Parkplatz«, rief er quer durch den Raum und realisierte erst jetzt, dass Mimi neben »Sassilein« stand. So hatte er die Hellmann bei »Plan C« noch nie genannt. Und wo war überhaupt seine Frau, die Yoga-Kostbarkeit?

Oh Gott! Mimi schwante schrecklich Banales oder

banal Schreckliches – eigentlich passte beides. Wahrscheinlich hatte Saskia sich Daniel gekrallt, um sicherzugehen, dass ihre Existenz als »Irrweg«-Christine auf weitere Jahre gesichert war und sie dabei auch Großaufnahmen abbekam, bis der Arzt kommen würde.

Aber warum ging Daniel das Risiko ein, bei einem öffentlichen Fest als Begleiter seines Gspusis aufzutreten? Eine Scheidung von der Yoga-Kostbarkeit würde ihn Phantastillionen kosten.

Die Antwort ließ nicht lange auf sich warten.

»Hallo, Mimi«, sagte Daniel und küsste sie sehr flüchtig auf die Wangen, »Saskia hat eine Begleitung für diese Party gebraucht. Und ich dachte, das wäre eine gute Gelegenheit, um ›Irrwege ins Glück‹ ein bisschen PR-mäßig anzudonnern.«

»Daniel«, sagte Mimi, »ich bin nicht von der Überwachungskommission. Es passt schon.«

Daniel blickte schweigend zu Boden. Die unvorhergesehene Begegnung mit Mimi schien ihn ziemlich aus seinem Konzept geworfen zu haben.

»Ich möchte eure fließende Konversation ja nicht unterbrechen«, lächelte Elias, »aber für Sie auch heißes Wasser?«

»Nein … Whiskey bitte, einen doppelten, on the rocks.«

»Oh, ja, es gibt sie noch, die richtigen Männer«, trompetete Elias und machte sich an die Arbeit.

»Mimi, es trifft sich gut, dass ich dich hier sehe«, stammelte Daniel jetzt unbeholfen, »ich habe ohnehin schon die letzten zwei Tage versucht, dich zu erreichen.«

»Du wirst es nicht für möglich halten. Aber ich habe mir erlaubt, den Bereitschaftsdienst abzustellen. ›Communication detox‹ heißt das, glaube ich, in der superhippen Fachsprache … Keine Christine, kein Serge-Debakel, keine Blattläuseplagen für die Merlot-Lagen, einfach nur das blanke Nichts …«

Elias setzte den Whiskey mit einem dumpfen Geräusch vor Daniels Nase. Der nahm das Glas so kommentarlos wie gedankenverloren und zog kräftig daran.

»Nichts zu danken, es kam from the bottom of my heart!«, sagte Elias staubtrocken und verschwand in die Küche.

»Sehr originelles Personal hier. Weil du es gerade erwähnt hast«, sagte Daniel, der inzwischen merklich blass um die Nase war, »ich muss sowieso mit dir reden. Können wir kurz wohin gehen, wo es ruhig ist?«

»Und was ist mit ihr?« Mimi deutete auf Saskia, die gerade ihre Beine übereinanderschlug und sie dabei so auf dem hohen Barhocker drapierte, dass kein vorbeiziehender Passant auf die Idee kommen konnte, Gott wäre an dem Tag, an dem er die erschaffen hatte, nicht in seiner absoluten Höchstform gewesen.

»Ach, um mich braucht ihr euch nicht zu kümmern«, hauchte sie, »ich werde hier jetzt einmal meinen Hang zum Personal ausleben.«

»Bitch«, dachte sich Mimi, »pass' gut auf deinen Körper auf. Denn hat der sich einmal verabschiedet, wird nichts mehr von dir übrig sein.«

Sie nahm ihren Drink und steuerte auf einen Tisch abseits vom Getümmel zu, ohne sich nach Daniel umzudrehen.

»Also, Herr Plan C, wo ist das Problem?«

Er räusperte sich: »Du weißt ja, Mimi, dass ich dich sehr schätze …«

»Kannst du bitte aufhören, hier herumzueiern, sondern direkt auf das Wesentliche zusteuern. Ich weiß: wahnsinnig unmännlich. Aber es wäre so angenehm!«

»Also gut. Du brauchst dir wirklich keine Sorgen machen wegen Geld und so ...«

»Mach' ich mir doch gar nicht ...«

»Also es ist so: Jede Produktion braucht ja ab und an frisches Blut. Denn besonders in unserem Geschäft ist nichts tödlicher als Routine ...«

»Unterschrieben!«, tönte es dumpf aus Mimis Gin-Tonic-Glas. Eine Nachfüllung wäre fantastisch, aber es wäre wohl unpassend, jetzt deswegen aufzuspringen.

Daniel krümmte sich sichtlich, fuhr aber dann fort: »Und ich denke, du bist ein bisschen ausgeschrieben. Nach so langer Zeit muss einen das ja auch wirklich nicht wundern. Und, glaube mir, wir alle, jeder Einzelne, ist sich bewusst, was du für einen enormen Anteil am Erfolg dieser Produktion hast ...«

»Daniel?« Mimi sah ihn jetzt richtig streng an: »Wir haben doch ausgemacht, dass nicht herumgeeiert wird.«

Er nickte betreten und fuhr fort: »Aber, aber Saskia hat da einen Bekannten, der bei ›Gute Zeiten, schlechte Zeiten‹ jahrelang mitgeschrieben hat und sich auch verändern möchte. Der würde die Sache vielleicht auch ein bisschen jünger anlegen.«

Mimi fragte jetzt ganz ruhig und nahezu bedrohlich freundlich: »Ich bin vierunddreißig, Daniel. Ich bin jung. Aber was heißt das jetzt? Heißt das, ich bin gefeuert?«

»Natürlich würden wir das in der Außenkommunikation ganz anders formulieren. Und wie gesagt: Dein Vertrag geht ja noch eineinhalb Jahre und den bekommst du auch auf den Cent ausbezahlt ...«

Mimi sah ihn jetzt noch einmal mit zusammengekniffenen Augen an und fragte ganz langsam: »Ich bin also gefeuert?«

Daniel nickte. Er wagte es nicht, ihr dabei in die Augen zu sehen.

Nach einer kurzen Pause stand Mimi auf und ließ einen gellenden Juchzer los. Dann stürzte sie auf Daniel zu, umarmte ihn und flüsterte: »Sag es noch einmal!«

Er formte leise und gehorsam die Worte: »Du bist gefeuert ... bei vollen Bezügen.«

Langsam schien er eine gewisse Panik zu entwickeln, dass seine zukünftige Ex-Autorin eben auf ihren Irrwegen ins Glück eine falsche Abbiegung genommen hatte, die sie direkt in die Zone des nackten Wahnsinns führte.

»Ich kann es nicht fassen«, schrie Mimi so laut, dass sie die Aufmerksamkeit der gesamten Partygesellschaft auf sich zog, »ich bin gefeuert! Gefeuert!«

Aus dem Getriebe schälte sich jetzt Lilly mit besorgtem Blick: »Aber Kind, beruhige dich doch! Das wirkt jetzt gerade alles viel schlimmer, als es in Wirklichkeit ist.«

»Nein, Lilly, es ist nicht nur nicht schlimm, es ist einfach großartig. Dieser Mann hat mich gerade zum glücklichsten Menschen auf diesem Fest gemacht!«

»Na, dann gratuliere!«, zwitscherte Lilly, »das gehört gefeiert!«

»Darauf kannst du einen wetten. Herrlich! Nie wieder eine Zeile an diesen Hausfrauenplunder verschwenden. Kein ›Du willst es doch auch so sehr‹ mehr, nie wieder ›Wir müssen jetzt ganz stark sein!‹ und Schluss mit ›Ich habe ein Geheimnis, aber es ist ein verdammt dunkles Geheimnis‹! Juchhu!«

Sie packte Lilly um die Taille und veranstaltete mit ihr ein Freudentänzchen. Daniel wollte diese goldene Gelegenheit nicht ungenutzt an sich vorüberziehen lassen und versuchte einen englischen Abgang zu machen.

Doch Mimi erwischte ihn, als er sich gerade davonstehlen wollte, und rief ihm nur zu: »Und Daniel! Was ich dir eigentlich schon immer sagen wollte: Diese gefärbten Wimpern sehen einfach bescheuert an dir aus!«

»Gut gebrüllt, Löwin!«, kicherte Lilly und zerrte Mimi jetzt an einen Tisch, an dem Sigi Herrlich mit Lillys flottem Ex Otto und einem steilen, rothaarigen Geschoss in plaudernder Eintracht saß. Mimi musste an die schöne Wiener Allegorie für Unvorhersehbarkeiten aller Art denken, die da lautete: »I glaub', i hab' a bisserl an Fisch am Aug'!«

Sie sah Lilly fragend an, die lachend die Achseln zuckte und für alle hörbar sagte: »Weißt du, ich habe beschlossen, dass ich keine Spaßbremse mehr sein möchte. Das macht nämlich wirklich einen schlechten Teint. Außerdem möchte ich dem Unglück dieser jungen Menschen nicht mehr im Weg stehen.«

Sigi Herrlich wieherte, während das rote Gift tapfer um sein Leben lächelte. Otto, in blauem Blazer, Stecktuch und weißer Hose, erinnerte mit seinem Outfit an eine Senioren-Version von Tony Curtis in »Manche mögen's heiß«.

Mimi erinnerte das an jene Polgar-Anekdote, wo der Schriftsteller dem verarmten Otto Soyka im Café Herrenhof begegnete und der dort völlig unpassend eine sehr ambitionierte Reitermontur trug. Polgar musterte den Kaffeehaus-Reiter nur kurz und bemerkte: »Also ich hab' ja auch kein Pferd. Aber so kein Pferd wie der Soyka, habe ich bestimmt nicht.«

»Ich habe ja auch keine Yacht«, schmunzelte Mimi insgeheim, »aber so keine Yacht wie der Lippburger, hab' ich bestimmt nicht.«

Otto musste sich erst an Lillys neues Schmähtreiben gewöhnen. Ihr plötzlich so sarkastischer Umgang mit ihrem – wie er fand – so tragischen wie unwiederbringlichen Verlust bereitete ihm doch ein wenig Unbehagen, das er zu überspielen versuchte. Er überschlug seine weißen Jachthosenbeine elegant und stotterte: »Was für ein schöner Abend. Ist das nicht ein schöner Abend?«

»Ich nehme an, Sie sind Jessica«, sagte Mimi und streckte ihr die Hand entgegen, »ich bin Mimi, Mimi Stein.«

»Jessica Horacek«, ergänzte die falsche Rote leicht beleidigt und schlug reichlich temperamentlos in Mimis dargebotene Hand ein.

Lilly drückte Mimi kommentarlos auf einen freien Stuhl und setzte sich neben sie: »Also, Ottochen, wo du doch heute deine schicken, weißen Spendierhosen anhast, wäre doch ein Fläschchen Sprudel angesagt.«

»Kein Thema, und sehr gerne«, sagte Otto hölzern, und winkte nach einem Kellner.

»Like, like, like«, rieb sich Sigi die Hände, »wie wir Mitglieder der Gesichtsbücherei jetzt sagen würden.«

»Gesichtsbücherei, was soll denn bitte das sein?«, warf Jessica jetzt zunehmend pikiert ein.

»Ach, Fräulein Horacek«, seufzte Sigi jetzt, »wer jung bleiben will, muss früh damit anfangen. Facebook wird Ihnen doch sicher etwas sagen …«

»Natürlich sagt mir Facebook etwas. Aber ich glaube nicht, dass diese Übersetzung so korrekt ist.«

Jessica Horacek – wahrscheinlich hieß sie in Wahrheit ganz gewöhnlich Evi oder Karin – besaß offensichtlich einen eklatanten Mangel an jenem Vitamin H, das für Mimi zunehmend überlebensnotwendiger wurde: Humor.

Es dauerte ewig und drei Tage, bis der Kellner endlich den Sekt servierte. Insgeheim war Mimi auf ihre neue Freundin Lilly sehr stolz, mit welcher spitzbübischen Souveränität sie dieses erste »Facetime«-Treffen mit der Verursacherin ihrer privaten Katastrophen meisterte. Sie bezog Jessica immer wieder in das Gespräch ein, machte ihr Komplimente bezüglich ihres Aussehens und erhob irgendwann ihr Glas in Richtung Otto mit den Worten: »Have a nice life, Ottochen! Und wenn immer dir danach ist, darfst du ihn besuchen …«

»Wen?«, wollte Jessica in aufsteigender Panik, dass ihr hier irgendetwas Schwerwiegendes verschwiegen worden war, wissen.

»Na, den Gummibaum in unserem Wohnzimmer«, antwortete Lilly und nahm ein seelisches Vollbad in der Verunsicherung ihrer Rivalin.

Nach einer halben Stunde schleppender Konversation, in der Sigi und Lilly ihre Zuneigung füreinander zunehmend zu entdecken schienen, sprang Mimi auf.

»Ich könnte euch zwar noch stundenlang zuhören«, zwinkerte sie ihren Freundinnen zu, »aber da drinnen spielt gerade die Musik.« – Aus dem Restaurant drang Lana Del Reys melancholische Nummer »Summertime Sadness«.

»Und die Musik hat eine wunderschöne Hakennase und grüne Augen, für die man jederzeit ein Fenster eintreten würde«, zwinkerte ihr Sigi zu.

»Vielleicht sogar zwei, ich hab' nämlich eine Haushaltsversicherung«, sagte Mimi und spürte, wie ihre Bluttemperatur um ein, zwei Grad nach oben kletterte. Sie wollte schnell wieder zu diesem schrägen Typen, der so wohltuend nicht in seiner Mitte ruhte und dabei so unaufgeregt fantastisch aussah. Vielleicht war Elias der Georg Rosenberg ihres Sommers, Lebens oder zumindest einmal für die nächsten paar Stunden. Man wollte ja nicht gleich zu unverschämte Forderungen stellen. Es fiel ihr eines von Lous zahlreichen Lebensmottos ein: »Ich bin Präsidentin der Gesellschaft für Vorfreude.« – In diesem Augenblick begriff sie wie noch nie zuvor, was Lou damit gemeint hatte. Das Adrenalin schlug in ihrem Körper Blasen. Sie atmete tief durch und ging in Richtung Restaurant.

Sollte sie ihn jetzt mit einem Bonmotscherl wie dem Spruch von Jules Renard antreten, der einmal meinte »Wenn Sie das Leben kennen, dann geben Sie mir doch bitte seine Anschrift«?

Nein, zu bemüht. Doch sämtliche Überlegungen schienen sich in der nächsten Sekunde erübrigt zu haben. Denn als sie das Restaurant betrat, hatte sich eine kleine Truppe von enthusiastisch klatschenden Menschen kreisförmig um Saskia Hellmann und Elias gebildet, die zu Whitney Houstons »My Love Is Your Love« tanzten. Sehr ambitioniert tanzten, wie Mimi fand. Eigentlich vermittelten beide in ihren Bewegungen und den Blicken, die sie einander zuschickten, dass nur ein paar Augenblicke fehlten, bis sie in der nächsten verfügbaren Kiste landeten.

Elias registrierte nicht, dass Mimi den Raum betreten hatte, aber diese Bitch von Saskia Hellmann sehr wohl. Sie schickte Mimi einen triumphierenden Blick, der signalisierte: »Leider, Pupperl, auch diese Schlacht hast du verloren!«, und fasste Elias noch einen Tick enger um die Taille.

Mimi hatte sich selten in ihrem Leben so bloßgestellt gefühlt wie in diesem Moment. Selberschämen statt dem allseits so beliebten Fremdschämen, aber volle Kraft voraus! Sie war kurz versucht, der Hellmann den schlimmen Finger zu zeigen, kontrollierte diesen spätpubertären Impuls aber dann gerade noch und lief einfach nur aus dem Saal – so schnell ihre Angst sie trug. Hinauf in Richtung Gespensterschloss, vorbei an dem Getriebe im Garten, wo Sigi und Lilly inzwischen einen diebischen Spaß daran gefunden hatten, Jessica Horacek ein wenig in die Mangel zu nehmen. Otto flüchtete sich dabei in die Rolle des stillen Beobachters, sein Leben war ohnehin auch so anstrengend genug.

Im Laufen verlor sie einen Schuh, aber registrierte das in ihrer Panik, so schnell wie möglich in Sicherheit zu kommen, überhaupt nicht. Sie raste über die menschenleere Wiese, durch den Föhrenwald, zu ihrem Häuschen. Wie ein kleines Kind, das beim Fangenspielen nur noch in sein »Leo« wollte. »Im Leo sein« – das bedeutete Schutz, Unantastbarkeit und auch das illusionäre Gefühl, für niemand anderen sichtbar zu sein. Das Gespensterschloss war ihr »Leo«.

»Danke, Tante Lou«, flüsterte sie leise schluchzend, »dass du so auf mich aufpasst«, als sie die Tür hinter sich zuschlug. Sie schälte sich aus dem Halston-Schlauch, der ihr zunehmend die Luft abgegraben hatte, nahm einen tiefen Schluck Wein direkt aus der Flasche und setzte sich die Kopfhörer ihres iPods auf. Sie brauchte dringend die Melancholie von Pete Doherty und dessen

Song »Lady Don't Fall Backwards«. Und zwar in Endlosschleife.

Sie ließ sich in das blaue Sofa fallen. Doch das ersehnte »Leo«-Gefühl wollte sich nicht einstellen. Die Luft war stickig. Sie ging mit Pete in den Ohren nach draußen. Setzte sich, so, wie sie war, nur mit ihrer Unterwäsche bekleidet, auf den weißen Korbstuhl. Sie winkelte die Beine an, umschlang sich mit ihren Armen, legte den Kopf zwischen ihre Knie und schloss die Augen. Keine gute Idee. Es wurde ihr schwindlig. Sorry, Pete, die Lady fiel »backwards«.

So viel Entwicklungsroman, wie es in den letzten vier Tagen in ihrem Leben gegeben hatte, hätte selbst die Schicksalsstürme gewohnte Winzertochter Christine umgehauen. Wie schön! Jetzt fiel es ihr wieder ein – sie musste nie wieder auf diesem Vorabend-Schrottplatz Dienst tun. Christine war tot. Mausetot. Zumindest in ihrem Leben. Freie Vorfahrt für neue Projekte. Auch dafür Danke, Tante Lou. Das war der Bonustrack dieses Katastrophenabends.

Und wohin jetzt, Tante Lou? Sie hob den Kopf und öffnete die Augen. Und blinzelte. Noch einmal. Aber tatsächlich, da hinten rechts lief die flachsblonde Waldelfe wieder zwischen den Bäumen durch.

»Jetzt reicht es mir langsam mit dir«, rief Mimi und sprang auf, »wer bist du? Bleib' doch stehen!«

Die Frau drehte sich lächelnd zu ihr und schien ihr auffordernd zuzuwinken. Mimi beschloss, ihr nachzulaufen. So, wie sie war. Nur bekleidet mit ihrer Unterwäsche und Ohrenstöpseln. Das war sowieso egal. Es war ohnehin keiner da. Alle anderen hatten da unten auf dem Fest Spaß.

Es handelte sich offensichtlich um eine Speed-Elfe, denn Mimi ging bald der Atem aus. Ihre Seiten schmerzten. Als sie oben beim kleinen Waldbecken ankam, hatte sie sie schon wieder verloren. Vielleicht war es doch nur eine kleine Wahnvorstellung gewesen und halluzinogene Paranoia, die It-Störung der Badesaison 2012.

Sie keuchte, ihr war heiß. Wie ideal, dass die nächste Abkühlungsmöglichkeit so nah war. Vielleicht auch gleich ein Bad im Selbstmitleid nehmen?

Dem Himmel sei Dank! Langsam schoss ihr das Vitamin H, ihr Humor, wieder ein. Sie stürzte sich kopfüber in das Wasser und durchzog das kleine Becken mit schnellen Kraulbewegungen. Dabei verlor sie jegliches Zeitgefühl. Es war, als ob sie ihrem Saskia-Anton-Daniel-Leben einfach davonschwimmen wollte. Zwischendurch stiegen ihr immer wieder ein paar Tränen auf, wenn sie an Elias dachte.

Wie idiotisch und völlig unreif. Sie hatte den Typen gerade einmal eine knappe Stunde gekannt und schon interne Besitzansprüche auf sein Aufmerksamkeitsmonopol angemeldet. Das war das Zeitalter des »emotionalen Kapitalismus«, wie die Soziologin Eva Illouz Liebe in den Zeiten des Web 2.0 nannte. Und Kapitalismus regelte sich nun einmal durch Angebot, Nachfrage und »Timing«. Saskia hatte eben, was die letzte Kategorie betraf, den besseren Instinkt bewiesen. Wäre schön, wenn die Romantikerin in Mimi Stein sich endlich einmal an diese Vorgaben der neuen Sachlichkeit ein wenig anpassen könnte. Vielleicht sollte sie sich überhaupt all diese Liebes- und Sehnsuchtsflausen aus dem Kopf schlagen und brav wieder in Antons Ordnungshafen einchecken. Was fehlte ihr denn eigentlich bei ihm?

»Eigentlich alles, Mimi, du blöde Kuh«, zwang sie

sich wieder zur Unvernunft, »hast du eigentlich je daran gedacht, mit Anton ein Kind zu kriegen?« Natürlich, vage war das immer irgendwie im Raum geschwebt, aber wenn sie ehrlich war, hatte sie die konkrete Vorstellung einer Familiengründung mit Anton immer etwas nervös gemacht. Wie eine Steuererklärung, die es zwar irgendwann zu erledigen galt, die man aber dennoch immer aufschob. Sie konnte ihn sich nicht nackt vorstellen und sie wollte kein Kind von ihm – worauf wartete sie eigentlich noch?

Sie tauchte unter. Sehr, sehr lange. Erst, als sie wirklich nahezu keine Luft mehr bekam, ging sie wieder an die Oberfläche.

Aus der Ferne ertönte der Gesang einer tiefen Männerstimme. Mimi war zwar alles andere als eine Opernauskennerin, aber diesen Ohrwurm aus Mozarts »Don Giovanni« kannte selbst sie.

»Reich mir die Hand, mein Leben,
Komm auf mein Schloss mit mir:
Kannst du noch widerstreben,
Es ist nicht weit von hier.«

Es war die Arie des verkommenen Titelhelden, der mit solch billigen Tricks versuchte, die unbedarfte Zerlina zu knacken.

Aus dem Dickicht der Föhren schälte sich jetzt eine großgewachsene Gestalt, die einen hellgrauen Kapuzenpullover trug. Das sah nicht gerade nach einem Waldelf aus, der wegen eines Burnouts seiner Fantasie in die Elfenzentrale Vöslau eingecheckt hatte.

»Hey, du da drüben«, rief der Kapuzenmann, »kennen Sie sich hier aus?«

Es war Elias. Erst jetzt hatte sie ihn erkannt. Den samtweichen, schokoladensüßen Bassbariton, in dem er gesungen hatte, hätte sie nicht im Traum mit ihm in Verbindung gebracht. Seine Sprechstimme war zwar auch tief, hatte aber nichts von der dunklen Wucht seines Gesangs.

»Ich bin gerade ziemlich beschäftigt«, rief Mimi, »bitte kommen Sie einfach zu den Amtsstunden wieder.«

»Beschäftigt, my ass«, fluchte Elias, der offensichtlich gerade fast gestolpert war, »dich suche ich nämlich überall, Mimi Stein!«

»Ich habe gerade ziemlich wenig an«, antwortete sie, »können wir das vielleicht auf ein anderes Mal vertagen?«

»Definitely nein«, sagte Elias und begann sich seelenruhig neben dem Becken auszuziehen. »Eine kleine Schwimm-Exercise ist absolut perfekt …«

Erst als er splitternackt war, glitt er in das Wasser: »Brrr. Ich habe schon mehr gelacht.«

»Ich auch«, konstatierte Mimi kühl, »wo ist denn das ›love interest‹ des heutigen Abends geblieben?«

»Das schwimmt hier allein vor sich hin«, antwortete er, »völlig idiotisch …«

»Der Unterhaltungswert da unten war eben ziemlich überschaubar«, sagte sie und machte Anstalten, das Becken zu verlassen. Dem Himmel sei Dank hatte sie ihre Unterwäsche zum Schwimmen anbehalten.

»Bleib' bitte noch ein bisschen hier«, sagte er, »es ist hier so fucking finster und ich fürchte mich.«

»Ich friere mir hier den Arsch ab, Don Giovanni, da musst du leider alleine durch. Oder soll ich dir die Meryl Streep des 21. Jahrhunderts raufschicken, damit du dich nicht so alleine fühlst?«

»Wer soll das bitte sein?«

»Die Dame, in deren Ausschnitt du da unten gerade hineinköpfeln wolltest … Saskia Hellmann … das bildhübsche Aushängeschild des schauspielerischen Mittelmaßes …«

»Vergiss' die. Sie liebt Whitney Houston und ist ganz hinunter auf das Knie gegangen, damit ich mit ihr das Lied tanze. Ich steh' gar nicht auf …«

»Whitney?«

»Doch, doch, die hatte eine Stimme, die es nur einmal alle fünfzig Jahre gibt, aber dieser Marshmallow-Soul ist definitiv nicht meine Musik … nein, diese Sussi …«

»Sassi, Saskia Hellmann.«

»Whatever … vergiss die einfach. Und komm' her, Wasserfrau, ich möchte dich so gerne küssen …«

Mimi wurde stutzig. Eigenartig, dass er den Begriff »Wasserfrau« gebraucht hatte. Hatte den nicht auch Sigi schon heute Abend benutzt? – Wahrscheinlich purer Zufall.

»Das mit dem Küssen kannst du dir mit Faber-Castell an die Wand pinseln …«

»Mit wem?«

»Ach, vergiss es einfach.«

Sie verließ das Becken und zog sich seine Jeans und den Kapuzenpulli an.

Er war so entgeistert, dass er nicht einmal protestierte.

»Schönen Abend noch«, gurrte Mimi und warf ihm ein Luftküsschen zu.

Dann versuchte er es, nackt und frierend im Becken stehend, noch einmal mit »Don Giovanni«. Er hob theatralisch die Arme und sang:

»Komm, lass uns glücklich sein,
Komm, lass uns selig sein!«

Es war so ziemlich der romantischste und gleichzeitig absurdeste Moment, den Mimi je erlebt hatte.

In ihren Drehbüchern gab es entweder Kitsch, bis der Arzt kommt, oder die knallharte Tragödie. Diese schräge Mischung stand leider nie auf der Menükarte. Er hatte eine Stimme, die einen wie ein weicher, langer Samtmantel umhüllte. Sie verlangte sich alles ab, um jetzt scheinbar ungerührt von seinen Bemühungen den Abgang zu machen. Sie kicherte, als sie sich in Richtung Kabane aufmachte.

Im Gespensterschloss zog sie seine Sachen und ihre nassen Dessous schnell aus und faltete das Raubgut ordentlich zusammen. Sie warf sich den meergrünen Seidenkimono um, den ihr Lilly geborgt hatte. Aus einem Meter Entfernung und mit ausgestreckter Hand sprühte sie sich mit »Rain« von Marc Jacobs ein, ihrem gegenwärtigen Lieblingsduft. Sie wollte nämlich nicht den Eindruck erwecken, dass sie sich die Mühe des Parfümierens gemacht hatte – aber trotzdem gut riechen. Tricky!

Aus dem Regal nahm sie sich ein abgegriffenes Buch von Peter Altenberg, das den Titel »Neues Altes« trug, und versuchte zu lesen.

Sie sah auf die Uhr ihres iPhones. Es war hart nach Mitternacht. Wie lange brauchte dieser Reserve-Don-Giovanni eigentlich, um Donna Mimi aufzuspüren?

Sie schlug das Buch auf. Der Zufall schien heute doch in wirklicher Hochform zu sein, denn auf Seite 101 fand sie einen kurzen Text mit der Überschrift »Vöslau«. Er begann mit folgenden Worten:

> »Vöslau, eigentümlicher Ort, einzige
> wirkliche Sentimentalität, die ich habe.

Deine grünbefranste Station ist geblieben
wie eh und je. Nur meine wunderschöne
Mama, die mich im Damenbade sorgsam
auf ihren Armen wiegte, ist längst nicht
mehr. Die Lindenblüten rochen wunderbar …«

In diesem Moment klopfte es.

Vor der Tür stand Elias in hellblauen Boxershorts. Er sagte mit schnarrender Stimme: »Bäder-Gestapo! Nach Mitternacht haben Sie das Licht abzudrehen, ansonsten können wir von Hausarrest nicht länger absehen!«

»Hey, mit diesem Nazi-Zeug macht man keine Witze«, rügte ihn Mimi und beschloss, einfach auf dem Sofa sitzen zu bleiben.

Er grinste: »Ich bin Jude, ich darf das. Haben Sie hier eine herrenlose Jeans und einen Sweater vorbeispazieren sehen, gnädige Frau?«

»Mhm …« – Mimi deutete auf den zusammengefalteten Stapel, der auf dem Tisch lag.

»Und ja, danke der freundlichen Nachfrage, ein Handtuch und ein Glas Wein wären ein echter Hit«, fügte er grinsend hinzu und begann sich anzuziehen.

Mimi bemühte sich, gelangweilt zu seufzen, und erhob sich aus ihrem Sofa.

Während sie ihm den Wein einschenkte, sagte er mehr zu sich selbst: »Things have not changed much here.«

»Wieso?«, fragte Mimi, ohne sich umzudrehen. »Warst du schon einmal hier?«

Er lächelte geheimnisvoll: »Ist das hier eine Interrogation oder what?«

Sie reichte ihm das Glas und ließ sich auf das Sofa plumpsen.

Er blickte auf den Zeitungsartikel aus der »Neuen

Freien Presse«, der noch immer auf dem Tisch lag. Ohne ihn genauer zu studieren, sagte er nur: »Ja, das ist die sehr traurige Geschichte von Georg Rosenberg.«

Mimi erstarrte: »Woher kennst du die Geschichte von Georg Rosenberg?«

»Naja«, sagte er und ließ sich ganz selbstverständlich neben sie auf das Sofa fallen, »das war mein Ururgroßvater.«

Mimi bekam Gänsehaut. »Das heißt, Miriam und Georg …«

»Sie war schwanger von ihm und hat es ihm verschwiegen. Weil sie Angst hatte. Angst ist der größte Feind des Glücks. Oder, Mimi?« Er legte die Hand auf ihren nackten Oberschenkel. Noch mehr Gänsehaut.

Mimi zitterte: »Aber er hat sich doch erschossen?«

»Natürlich. So ein Idiot aber auch! Weil Miriam diese Ludwig nicht verlassen wollte. Und ihrem Ehemann sein Kind unterjubeln wollte. Meinen späteren Urgroßvater.«

»Aber was ist mit Miriam passiert?«

»Nun ja, sie hat das Kind bekommen. Der kleine Jakob war drei, als diese Lüge groß wie ein Ballon wurde. Und alle zu erdrücken begann. Dann hat sie sich weinend vor Ludwig geworfen und ihm alles gestanden. Dass Jakob nicht sein Kind war und dass sie Georg weiter gesehen hatte und er noch einmal mit ihr durchbrennen wollte. Ab dem Zeitpunkt hieß Jakob dann mit Nachnamen Rosenberg. Denn natürlich war die Sache nach diesem erderschütternden Sommer, wo Ludwig sie verbannt hatte, in Wien weitergegangen. Mein Ururopi und meine Ururgranny konnten einfach nicht voneinander lassen. Versteht man ja auch irgendwie. Und als sie ihm diesen Betrug confessed, hat der feine Herr Stiefelmacher sie gefeuert. Und das, obwohl Georg schon längst völlig ungefährlich für ihn war, weil er nämlich da schon fast vier Jahre unter der Erde lag.

Der ältere Sohn Eddie hat daraufhin den Kontakt mit seiner Mutter endgültig abgebrochen. Er wollte sie nicht mehr sehen, er war der Sohn seines Vaters. ›Die Verräterin‹, hat er seine Mutter nur genannt. Nur der Kleine, der Maxl, hat sie noch besucht.«

Mimi fror jetzt, dass es sie regelrecht schüttelte. So sehr nahm sie diese Geschichte mit.

»Hey, Mädchen«, sagte Elias und nahm eine Decke von der Sofalehne, um sie fest darinnen einzuwickeln, »du musst dich doch nicht so furchtbar aufregen. Alle sind in Sicherheit da oben oder wherever. Und du auch.« Er nahm sie in den Arm. Sie kuschelte sich schweigend in seine Achselbeuge und schloss die Augen.

»Und dann? Wie sind Miriam und Jakob nach der Scheidung über die Runden gekommen?«

»Beschissen. Sie hat Klavierunterricht in den feinen Häusern gegeben und auch als Gouvernante gearbeitet. Aber irgendwie haben sie es doch geschafft. Es gab Essen und es gab ein Dach über dem Kopf. 1938 hatten sie dann alle bekanntlich ganz andere Sorgen.«

»Konnten sie rechtzeitig fliehen?« In diesem Augenblick hatte Mimi das Gefühl, ihr eigenes Leben hinge von Miriams Rettung ab. Absurd.

»Ja, Darling, du kannst aufatmen. Sie haben es geschafft. Der alte, also damals noch junge Jakob, hatte Verbindungen nach Amerika. Er war ein fantastischer Klavierbauer und -stimmer. Er hatte den richtigen Riecher und konnte mit seiner Mutter rechtzeitig aus der Hölle raus. Seinen Halbbrüdern ist es nicht so gut gegangen. Die haben Treblinka nicht überlebt.«

»Und Ludwig?«

»Ludwig, der schlechte Jude, der meiner Ururgroßomi immer das Schabbesfeiern verboten hat? Mit dem meinte es das Schicksal insofern gut, als dass er den braunen Irrsinn nicht mehr persönlich erleben musste und 1936 an Kehlkopfkrebs gestorben ist.«

Jetzt konnte Mimi ihre Tränen nicht mehr halten. Sie begannen in Strömen zu fließen.

»Hey!«, sagte Elias zärtlich und stupste ihre Nase mit seinem Picasso-Erker, »der war ohnehin mean as hell. Um den muss man ja wirklich nicht trauern. Es wäre übertrieben.«

Er stand auf und entfernte die Pölster vom Sofa, um mehr Platz zu machen.

»Hast du was dabei«, fragte er jetzt.

Mimi fand es eigentlich ziemlich enttäuschend, dass Elias sie jetzt in ihrer emotionalen Auflösung ganz pragmatisch nach einem Kondom fragte.

Es gefiel ihm, dass sie ihm in die Falle getappt war: »Nein, no rubber, baby, so bin ich doch nicht. Zumindest nicht heute, hier bei dir. Nein, ich meinte ein Taschentuch. Wenn wir das erste Mal zusammen weinen, wollte ich nicht, dass das ungeschützt passiert und wir kein Hanki benutzen.«

Jetzt erst sah Mimi, dass auch seine Augen feucht waren. Sie lachte erleichtert, er umarmte sie.

Dann lagen sie dicht aneinandergedrückt im Dunkeln und redeten, bis das Morgenlicht durch die Vorhangspalte kroch. Elias erzählte ihr, dass er seit fast einem Jahr am Konservatorium in Wien eine Ausbildung zum Bassbariton machte und daneben eben so einiges jobbte. Zuvor hatte er in New York gelebt und vom Chef-Milchschäumer bei Starbucks bis zum Musiktherapeuten für Alzheimer-Patienten so ziemlich alles durchprobiert:

»Aber ich denke, jetzt erst weiß ich, dass ich nichts im Leben mehr möchte, als singen. Und selbst wenn mein Talent nur zum unteren Rand reicht und ich ein singender Loser bin – ich möchte mir nicht vorwerfen, es nicht wenigstens probiert zu haben.«

Es war das erste Mal gewesen, dass er nach Wien gereist war.

»Wien war ein Tabuthema in meiner Familie«, flüsterte er ihr ins Ohr, »niemand wollte in die Stadt, in der sie unsereins einmal wie Vieh verladen und umgebracht haben. Das war eine Art Ehrenkodex bei den Rosenbergs.«

Irgendwann schliefen sie ein. Und als Mimi in seiner Umarmung in den Schlaf sackte, dachte sie nur: »Vielleicht ist dieser Rosenberg ja mein emotionales ›Leo‹. Vielleicht aber auch nicht. Che sarà, sarà!«

Gegen elf Uhr wachte Mimi auf, weil Regentropfen hart an die Scheiben prasselten. Sie griff sofort neben sich, um die Picasso-Nase zu spüren. Der Platz war leer.

Vielleicht wurde sie ja wirklich verrückt. Und dieser Barkeeper-Bassbariton war auch Teil ihres Vöslauer Halluzinationenprogramms. Aber auf dem Tisch standen ganz deutlich zwei leere Weingläser. Möglicherweise war sie ja inzwischen auch noch schizophren geworden.

Sie durchkämmte das Gespensterschloss drei Mal. Vielleicht klebte ja irgendwo ein Post-it, auf dem in der krakeligen Schrift eines narzisstisch gestörten Nähe-Neurotikers sowas stand wie: »Du bist eine wunderbare Frau, aber leider nicht für mich« – oder: »Sorry, I can't. Forgive me! PS: Gott wird mir auch verzeihen, weil das ist sein Beruf.«

Aber nirgendwo war auch nur ein Fuzzelchen zu sehen. »Willkommen in der Breakup-2.0-Generation, Mimi«, dachte sie. Eine Statusänderung im Profil, und die Geschichte ist vom Tisch. Werther hätte sich wahrscheinlich heute längst nicht die Mühe gemacht, sich umzubringen, sondern einfach auf seine »Wall« geschrieben: »Werther was in a relationship and it was far too complicated.«

Wo war eigentlich Lilly, wenn sie sie wirklich brauchte? Wo waren überhaupt alle? Da draußen war alles leer. »Irgendwie auch logisch, Mimilotta«, hörte sie Tante Lou jetzt sagen, »es regnet nämlich ›cats and dogs‹.«

Ok, zuerst einmal eine Aufwachkeule in Form eines doppelten Espressos, und dann würde sie Sigi Herrlich ihre Aufwartung in der »Alte-Leutchen-Deponie« machen.

Sigi kannte Elias, die hatten auch eine Sache miteinander laufen. Sie hatte ihm doch ein Victoryzeichen geschickt, als Mimi gestern neben ihm an der Bar zu stehen gekommen war.

»Falott, Taugenichts!«, hätte Miriam wahrscheinlich ihren Rosenberg geheißen.

Und so fluchte Mimi laut vor sich hin »Vermaledeiter Falott, Sargnagel, egomanisches Monster, hinreißender Mistsack«, um den Weg zu ihrem Auto, das sie bei der kleinen Bäckerstube beim Waldzugang zum Bad geparkt hatte, dafür zu nutzen, sich einmal ordentlich abzureagieren.

»Frau Stein! Lange nicht gesehen«, sagte die Rezeptionistin mit einer ordentlichen Vorwurfs-Unterlage in der Stimme, als Mimi die »Goldene Zeiten«-Seniorenresidenz in Baden betrat. Der Name klang eigentlich mehr nach einem Chinarestaurant als nach einem Pensionisten-Pflegeheim. Es roch nach Bodenpflegemittel und Fleisch in sehr künstlichen Saucen.

Mimi verspürte keinerlei Erklärungsbedarf gegenüber der Frau mit dem nicht nennenswerten Damenschnurrbart, warum sie Tante Lou so lange vor ihrem Tod nicht besucht hatte, und sagte nur im Vorbeirauschen: »Ich möchte zu Sigi Herrlich.«

»Die sind alle in der Kreativzone, im ersten Stock, gleich die zweite Tür.«

Kreativzone – das klang sehr nach dem Montessori-Terrorismus von Kindergarten-Kampfpädagoginnen.

Auf leisen Sohlen näherte sie sich der Kreativzone. Schließlich wollte sie niemanden dabei stören, wenn er seinen Vornamen tanzen durfte. Es ertönte Live-Klavier – Mozart, ein sehr bekannter Mozart.

Sie öffnete die Tür einen Spalt und ließ sich vorsichtig in den Raum gleiten. Ein paar Damen saßen neben ihren geparkten Gehhilfen in der ersten Reihe. In der Mitte der Kreativzone – mit einem flotten, bunt bebänderten Piroschka-Kranz auf dem Haar – Sigi Herrlich. Sie schmetterte die Zerlina aus dem »Don Giovanni«. Alles klar, der Kranz sollte offensichtlich Zerlinas ländliche Herkunft symbolisch unterstreichen. Sigi hatte ihren Arm neckisch in die Hüfte gestützt und sang mit einem eigentlich noch immer sehr beeindruckenden Stimmvolumen:

»… mein Herz schlägt gar zu sehr;
Bald fühl' ich froh es schlagen,
Bald wieder bang und schwer …«

»Lass nicht umsonst mich werben!«

Jetzt erst sah Mimi Elias am Klavier sitzen, der Sigi nun ermunternd und voll Inbrunst Don Giovannis Antwort zusang.

»Mimi, wie schön«, rief Sigi ihr strahlend zu und trippelte Mimi entgegen. »Da siehst du, wie wir alten Leutchen hier die Zeit totschlagen, damit wir nicht von ihr totgeschlagen werden. Darf ich dir vorstellen, Elias Ros…«

»Danke«, winkte Mimi ab, »wir haben uns schon kennengelernt.«

»Ich hoffe, es war ein schönes Kennenlernen …«

»Sigi-Darling, ein besseres könnte ich mir gar nicht vorstellen«, fand Elias und erhob sich vom Klavier, um Mimi zu begrüßen. Während er auf sie zuging, wiederholte er noch einmal mit voller Kraft singend: »Lass nicht umsonst mich werben!« Und fügte, als er vor ihr stand, noch hinzu: »Reich mir die Hand, mein Leben, Mimilotta!«

Jetzt begann es Mimi zu dämmern.

»Hast du auch Tante Lou gekannt?«

Sigi nickte: »Und wie er sie gekannt hat. Die beiden waren ein eingeschworenes Team. Von dem Moment an, als Elias hier als Musiktherapeut begann, funkte es zwischen den beiden.«

»Deine Tante war zwar furchtbar unmusikalisch und konnte keinen Ton treffen, aber sie war eine der witzigsten und fantasiebegabtesten Menschen, die ich je kennengelernt habe. Und ich komme aus New York City.«

Jetzt nahm Sigi Mimi verschwörerisch zur Seite: »Und weißt du, was Lou immer, immer zu Georg, äh, Elias natürlich, gesagt hat …?«

»Reich mir die Hand, mein Leben?«

Sigi schüttelte kichernd ihren Kopf: »Nein. Selbst, als

sie wirklich nicht mehr alle Tassen im Schrank hatte, hat sie ihn in ihren wenigen lichten Momenten manchmal angesehen und nur gemurmelt: »Sie müssten meine Mimilotta kennenlernen, die ist ja mit so einem Langweiler verheiratet.«

»Stimmt das eigentlich?«, mischte sich Elias nun wieder in das Gespräch ein.

»Das geht dich gar nichts an«, fauchte Mimi, die noch immer wütend über seinen kommentarlosen Abgang war, »und warum hast du mir nicht gesagt, dass du Tante Lou gekannt hast?«

»Es war noch zu früh«, sagte er leise und legte wie selbstverständlich den Arm um sie, »außerdem wollten wir, dass du es selbst herausfindest.«

»Wie? Gab es einen Masterplan?«

»Nein, dazu war Lou nicht mehr in der Lage. Aber sie wollte, dass du wieder nach Vöslau kommst. Auch nach ihrem Tod. Das war ihr wichtig ...«

»Erinnerst du dich, was ich dir beim Begräbnis damals gesagt habe, als ich dir den Schlüssel mit der weißen Feder gab?«, fragte Sigi.

»Ja ... dass du mir diesen Schlüssel von jemandem geben solltest, der Lou sehr nahestand.«

»Voilà ... und das ist Elias.«

»Ich hab' übrigens noch was für dich«, sagte Elias kryptisch, »lass' uns noch das Duett kurz fertigmachen, dann erledigen wir das.«

Sigi genoss es sichtlich, heute ein verhältnismäßig großes Publikum zu haben, und Mimi bewunderte, mit welcher zärtlichen Geduld Elias mit ihr arbeitete.

Nachdem die Essensglocke geschrillt hatte, brachte Elias Mimi hinauf in sein kleines Zimmer, das ihm als

Garderobe und Instrumentenlager diente. Auf dem schmalen Bett standen ein paar Trommeln, Bongos und ein großes Xylophon.

Unter der Überdecke fischte er ein großes braunes Kartonkuvert heraus und überreichte es Mimi: »Das ist für dich. Tut mir leid, dass es so lange gedauert hat.«

Mimi öffnete das Kuvert. Sie fand ein paar Kinderzeichnungen, die Lou von ihr aufgehoben hatte. »Mimilotta Vöslau 1983« stand da in Lous Handschrift zu lesen. Auf dem Bild war eine riesige Lou mit Dutt, Engelsflügeln und in einem blauen Mantel gemalt, und eine kleine Mimilotta mit Ringelsöckchen, einem getupften Pferd und einem Fellwesen mit Mondgesicht, das offensichtlich Pippi Langstrumpfs Affen, Herrn Nilsson, darstellen sollte.

»Wer jung bleiben will, muss früh damit anfangen«, stand in großen Bleistiftbuchstaben über dem Szenario zu lesen. Vielleicht wäre das ja auch schon der erste Satz des Buches, das Mimi irgendwann schreiben wollte.

»Was heißt irgendwann!?«, schoss es ihr dann sofort ein, »morgen, schon morgen.«

Ihr war klar wie nie, dass sie sich dringend von Worten wie »später« und »irgendwann« verabschieden musste.

Doch in dem Kuvert war noch etwas. Eine braune Mappe, auf der zu lesen stand: »Krankenakte, angelegt am 3. November 1963 – Louise Egg, geboren am 5. April 1927, Psychiatrische Pflege- und Heilanstalt Steinhof.«

Mimi schlug die Mappe auf; sie nahm in einem Reflex Elias' Hand, der die ihre sofort fest drückte.

In den Unterlagen war zu lesen, dass Louise damals auf Grund von völliger Apathie und Melancholieschüben in die geschlossene Anstalt aufgenommen wurde.

Der Vater der Patientin, Gustav Egg, hätte Louise eingeliefert, weil sie sämtliche Fotos von sich, egal ob aus ihrer Kindheit oder Jugend, zerrissen oder zerschnitten hätte und sich überdies weigerte, ihr Schlafzimmer zu verlassen. Als Grund »für das pathologisch-autodestruktive Verhalten der Patientin« wurde eine Traumatisierung durch einen Beziehungsverlust genannt. Der Franzose!

Mit einer Büroklammer war ein vergilbtes, kleines, zackenumrandetes Foto an der Akte befestigt, dessen Rückenteil mit einer Bleistiftnotiz versehen war. Mimi erkannte Lous Handschrift. »Ich überlebte ohne Jean-Luc – Lou in Vöslau 1964.«

Das gerettete Porträt zeigte eine junge, markantschöne Frau mit flachsblonden Locken, um deren Schultern ein weißes Tuch lag. Mimi lächelte. Wie eigenartig, dass sie das gar nicht sonderlich überraschte.

Sie sah aus dem schmalen Fenster in die Wolken und sagte nur: »Danke, Lou!«

»Vöslau, eigentümlicher Ort, einzige wirkliche Sentimentalität, die ich habe« – schon Peter Altenberg kurte hier.

Das »Grüne Becken«: Im reinsten Mineralwasser plantschten schon Adolf Loos, Berta Zuckerkandl und Arthur Schnitzler.

Die Milchbar im magischen Föhrenwald:
Hier lernt Polly Adlers Romanheldin Mimi Stein wieder leben.

»Wie eine Fieberfantasie aus einem Schnitzler-Roman«, findet Mimi: die steinerne Wächterin des Wasserfalls.

Fantasie-Aufladestation: Die Schauspielerin Nora von Waldstätten
auf den Spuren von Mimi Stein.

Die Quelle: Die Heilkraft des Vöslauer Wassers ist inzwischen legendär.